PAISAGEM COM DROMEDÁRIO

CAROLA SAAVEDRA

Paisagem com dromedário

Companhia Das Letras

Grafia atualizada segundo o Acordo Ortográfico da Língua Portuguesa de 1990, que entrou em vigor no Brasil em 2009.

Capa
Kiko Farkas e Thiago Lacaz/ Máquina Estúdio

Foto de capa
© Guntmar Fritz/ Corbis (DC)/ LatinStock

Preparação
Márcia Copola

Revisão
Veridiana Maenaka
Isabel Jorge Cury

Os personagens e as situações desta obra são reais apenas no universo da ficção; não se referem a pessoas e fatos concretos, e não emitem opinião sobre eles.

Dados Internacionais de Catalogação na Publicação (CIP)
(Câmara Brasileira do Livro, SP, Brasil)

Saavedra, Carola
Paisagem com dromedário / Carola Saavedra. — São Paulo : Companhia das Letras, 2010.

ISBN 978-85-359-1638-6

1. Romance brasileiro I. Título.

10-02014 CDD-869.93

Índice para catálogo sistemático:
1. Romances : Literatura brasileira 869.93

EDITORA SCHWARCZ S.A.
Rua Bandeira Paulista, 702, cj. 32
04532-002 — São Paulo — SP
Telefone: (11) 3707-3500
www.companhiadasletras.com.br
www.blogdacompanhia.com.br
facebook.com/companhiadasletras
instagram.com/companhiadasletras
twitter.com/cialetras

Para Peter

Se fuga la isla
Y la muchacha vuelve a escalar el viento

Alejandra Pizarnik

GRAVAÇÃO 1

Barulho de vento e de ondas batendo num rochedo. Pequenas pedras caindo na água. Passos. Interrupção. Voz.

Estou no extremo sul da ilha. Se eu nadasse numa linha reta, imagino que em algum momento chegaria ao Antártico. Terras austrais. De qualquer forma, o extremo sul não significa muita coisa, quando o extremo norte fica a pouco mais de duas horas de carro. Poucas horas de carro, e pronto, terminou a ilha. O mar, em compensação, parece inesgotável. Assustador. O mar aqui é um mar que ainda não foi domesticado. Nunca lhe foi imposto limite algum. Até mesmo as cores, o cheiro, as algas, tudo nele parece que acaba de surgir. E me vem sempre a sensação de estranhamento quando olho em volta e vejo estradas, casas, pessoas, como em qualquer outro lugar.

Faz uma ou duas semanas que estou aqui. Talvez sejam apenas alguns dias, não sei. Alex, os dias passam de modo incomum neste lugar. Mas eu não queria começar falando da ilha, também não queria começar reclamando de que o tempo passa rápido ou devagar. Queria começar falando de uma imagem. Não sei se era uma fotografia ou se fui eu que guardei aquele momento como algo estático na memória. Antes que as coisas com Karen tomassem o rumo que tomaram. Nós três. A imagem era assim: Karen abrindo uma garrafa de vinho, você a abraçava pelas costas, dizia alguma coisa em seu ouvido. Karen ria, envergonhada. Karen sempre ria assim, como se o riso fosse algo obsceno. Ela abaixava a cabeça, desviava o olhar, e ria. Eu, sentada naquela tua poltrona, o couro gasto, desbotado, eu ria também, mas meu riso, como sempre, era quase uma gargalhada. Eu segurava uma taça ainda cheia. Não sei mais qual era o motivo, mas lembro que naquele instante tudo me parecia tão suave, tão perfeito, como se fosse impossível qualquer incompreensão, qualquer desentendimento.

Silêncio. O barulho das ondas batendo no rochedo torna-se cada vez mais alto. Voz muito baixa, inaudível. Pausa. A voz continua, agora num tom mais alto.

Curioso, sabe que eu me lembro das pessoas e das fases da minha vida de acordo com as imagens que as acompanhavam. Não necessariamente relacionadas com o acontecimento em si, aliás quase nunca. Em geral, algo arbitrário, mas que, por algum motivo, ficou ali associado. Qualquer imagem, um filme, uma peça, uma fotografia. Ou simplesmente algo que acompanhou por acaso aquele instante, alguém passando, uma janela, um movimento, qualquer coisa que ficou. Penso, talvez no futuro, quando as lembranças começarem a se desvanecer, toda a minha memória passará a se guiar por isso. Ao evocar a imagem tal, surgirá imediatamente o lugar, a época e a pessoa ao meu lado, e, junto com isso, a lembrança de quem eu era, de como estava vestida, de como me sentia, do que eu pensava. E, ao recuperar de novo aquela memória, a sensação de confrontar dois momentos inconciliáveis, a Érika atual e a Érika daquele instante. Desse confronto impossível, um certo espanto, como se numa viagem no tempo eu me encontrasse comigo mesma. Nós duas, lado a lado, por fim unidas e totalmente estranhas. Penso agora, as imagens poderiam ser isso, um ponto de interseção do tempo, para o qual tudo conflui. O presente, o passado, o futuro, a criança que fui um dia, a velha que vou ser, a pessoa que sou agora. Todas essas possibilidades.

Mas, como te disse, não quero falar sobre o tempo. Tampouco sobre imagens. Na realidade, queria falar sobre sons. Te explicar por que, em vez de atender os teus telefonemas, eu me decidi por este gravador. Tem aquele filme, não lembro o nome agora. Mas era algo assim, um homem passeando por Lisboa. Em vez de uma câmera, ele tinha um gravador. E ele gravava tudo, feito um turista. Acho que trabalhava com isso, era sonoplasta, engenheiro de som, sei lá. Lembro de uma cena, ele andando por Lisboa com um microfone. Era uma imagem bonita. Talvez cada cidade tenha mesmo os seus próprios sons, o barulho do vento e do mar, ou da ausência do mar, o barulho das ladeiras, das crianças brincando, pulando corda. E há também o barulho do idioma, a musicalidade do idioma, das pessoas conversando nos cafés, nos bares, o barulho dos carros, dos trens ou dos cachorros vagando pelos cantos, ou da respiração de um cachorro que dorme debaixo de uma marquise e da sua reação quando alguém o chuta ou lhe faz um afago. Tudo isso contribuindo para os sons da cidade. Talvez cada cidade tenha a sua história sonora. E de uma forma imaginária seja possível fazer uma reconstituição de todos os ruídos que passaram por ela, feito uma sinfonia. Então cada cidade, cada lugar teria a sua própria sinfonia, sua própria partitura. Tudo o que se ouviu naquele espaço, desde seus primórdios, quando nem sequer havia cidade, nem mesmo gente, passando pelos seus primeiros habitantes, nômades que por algum motivo resolveram ficar, os passos dos primeiros habitantes, as primeiras casas sendo construídas, os primeiros amores, as primeiras brigas, depois as lutas e as guerras. Tudo surgindo e sendo derrubado, sucessivamente. A sinfonia.

Mas eu estou falando tanto, o ruim de falar em vez de escrever é isso, a gente fala e logo em seguida esquece o que disse, então o que a gente diz é sempre novo, desconectado de qualquer lógica anterior, de qualquer contexto. É como se escrevêssemos com uma das mãos, e com a outra fôssemos imediatamente apagando o escrito. E o que a gente diz passa a não fazer muito sentido. Sabe, talvez as coisas sejam mesmo assim. A gente vive e pensa que o vivido vai servir para algo, só que não serve para nada, não ficamos melhores ou mais sábios ou mais compreensivos. Apenas continuamos repetindo as mesmas coisas, justamente assim, justamente como se o vivido, ao ser vivido, fosse imediatamente apagado. Um quadro em permanente escrita e esquecimento. Uma vez você me disse, o problema não são os erros, o problema é o teu olhar. Os erros não se diferenciam dos acertos. Não têm um sentido em si. O problema é você, que não é capaz de dar-lhes outros significados. Você tinha esse discurso. Como tantos outros. (*pausa*) Como os teus trabalhos, as tuas pinturas, tuas instalações. Você me dizia que tudo era arte, qualquer coisa que você quisesse, arte, que a arte dependia não do objeto, mas do nosso olhar. Lembro que caminhávamos pelo parque, você me mostrava um galho de árvore e dizia, está vendo isso? O que é isso, você perguntava. Eu respondia, é um galho de árvore. E você respondia, sim e não, é um galho, mas, se estivesse num museu e eu lhe desse o título de *Braço estendido com garras*, poderia ser qualquer outra coisa. Lembro que comentei, então basta estar no museu para que seja arte, e você me disse, basta, se você quiser depender do museu, mas, se você for além dele, basta que você olhe para o objeto ou acontecimento e o insira num contexto artístico. Arte não é o objeto, é o contexto, e o contexto quem decide é você. (*pausa*) O curioso é que você se levava a sério, acreditava mesmo nessas coisas que dizia. (*Érika ri*) Mas isso já não importa.

Longo silêncio. Passos se aproximam, rítmicos, rápidos, pesados. Pausa. Respiração de Érika. Os passos se afastam.

Alex...

Ruídos não identificáveis. Interrupção.

GRAVAÇÃO 2

Vozes, pessoas conversando ao longe.

Ontem te escrevi um postal, comprei outro dia numa lojinha de souvenirs. A terra vulcânica, o mar e, bem perto do mar, um pequeno lago, a água avermelhada, acho que por causa do solo. Ainda não mandei, nem sei se vou mandar. Sempre me acontece, comprar o postal, escrever e depois não mandar. Acabo jogando fora. Poderia ter guardado, uma pasta com todos os postais que não mandei, as palavras que não disse. Que ninguém leu. Poderia usá-los para algum trabalho. Com o título *Itinerário secreto*, ou algo assim, os postais dispostos num imenso móbile em constante movimento, distorcendo a cronologia, como se fosse tudo uma única viagem, um único passeio que se estendesse no tempo. O que você acha? (*pausa*) Você vai dizer que não é suficiente. É verdade, talvez não seja mesmo.

Hoje vim pela primeira vez para o trecho da orla onde os turistas desfilam. Curioso isso, as pessoas saem de férias, viajam, gastam tempo, dinheiro, e escolhem um lugar onde possam comer as mesmas coisas de sempre, falar as mesmas coisas de sempre, ouvir o mesmo idioma. De novo, apenas uma paisagem de cartão-postal. Às vezes, nem mesmo a paisagem. Mas talvez essa seja a única possibilidade. A comunicação é sempre impossível. Por mais que a gente se esforce e condene com fervor os preconceitos e domine o idioma, por mais que a gente chegue sorridente e coma sem perguntar o que tem no prato, e sorria com satisfação, e se cubra com os mesmos panos, e imite os gestos minuciosamente. Por mais que a gente tente se adaptar e ser igual, a gente nunca vai ser igual, sempre haverá algo que nos delata, um gesto, um olhar.

Lembro de uma viagem que fiz com Karen, a única que fizemos juntas sem você. Eu passei a semana inteira de mau humor, reclamando de tudo. Me sentia frustrada. Me incomodava não falar o idioma, ser incapaz de compreender as coisas mais simples, até mesmo de pedir um copo d'água. Me sentia infantil, dependente. Já Karen olhava para tudo com entusiasmo. Aquele jeito dela. Queria ver tudo, conhecer todos os lugares. Andava com um guia pesadíssimo debaixo do braço. Fazia roteiros intermináveis de pontos turísticos para visitar, restaurantes imprescindíveis, feiras de artesanato, espetáculos de danças típicas. Curiosamente, não se importava com o meu mau humor, ao contrário, concordava com tudo o que eu dizia. Por mais absurdo que fosse. Karen jamais discordaria abertamente de mim, de nós. Talvez por medo, talvez apenas o desejo de agradar, ou de nos convencer que éramos nós que decidíamos as coisas.

Ouve só, ouve o desfilar de turistas.

Ruído de passos, barulho do mar, de ondas batendo no cais, ondas de maré alta. Vozes, trechos de conversas em inglês, de vez em quando uma frase em espanhol. Risos. Muito ao longe, barulho do motor de um ou outro carro. Vento forte.

Ouviu? Fecha os olhos e ouve, percebe? Percebe que há nesse som algo específico, que só poderia existir aqui. Um momento irrecuperável. (*pausa*) Acabo de ter uma ideia. (*a voz torna-se ansiosa*) Vou de cidade em cidade gravando os sons, sempre na mesma hora do dia, duas da tarde, por exemplo. Duas da tarde em Nova York, duas da tarde em Berlim, duas da tarde em Buenos Aires. Na exposição, crio para cada cidade uma sala totalmente escura, o visitante entra tateando, lá dentro apenas o som. O que você acha? (*pausa*) Sim, você vai dizer que não é suficiente, ou que alguém já fez isso. Não importa o que a gente faça, sempre tem alguém que já pensou e já fez e acabou com a nossa ideia. E o pior, quanto mais o tempo passa, mais aumenta a probabilidade de alguém já ter pensado e feito a mesma coisa. Terá existido uma hora zero, o instante em que tudo era novo, em que tudo ainda estava por fazer? Quando nos esperavam todas as possibilidades. Terá havido um início, um primórdio dos primórdios? Mas talvez não, talvez a nossa existência, a nossa história já tenha se iniciado assim, em movimento, essa circularidade, repetindo sempre as mesmas coisas. Não importa. É possível criar pequenas variações. Posso acrescentar uma longa explicação, ou uma plaquinha em frente, Nova York, duas horas da tarde, Berlim, duas horas da tarde. Ou um folheto elucidativo, outras formas da cidade, uma cidade desconhecida. Ou poderia adicionar a cada sala, a cada cidade, as batidas do coração, a respiração do espectador. Ele feito um novo instrumento na sinfonia, a sensação desagradável do próprio coração. Posso dar-lhe o título *Viagem* ou *Viajante*, o que você acha? O incômodo de estar presente nessa volta ao mundo. Vou começar agora, se aproximar o microfone do meu peito, as batidas, você ouve?

Barulho do microfone em contato com a roupa.

Acho que não dá para ouvir. Eu precisaria de um amplificador. Isso mesmo. Trabalharia com um amplificador dentro da sala da exposição, assim não só as batidas do coração, mas os movimentos do espectador, qualquer movimento, seriam captados, amplificados e integrados ao barulho da cidade. Como se ele estivesse lá. O ritmo dos seus passos, movimentos súbitos, uma queda, um salto. Até mesmo os detalhes, um sussurro, uma recusa. E cada momento seria único, cada cidade viveria uma constelação de instantes inesperada e efêmera. Que não se reproduziria nunca mais. O que você acha?

Diálogo em inglês. Ruído de passos que se afastam.

Eu tenho péssimo ouvido, você sabe. Sempre tive. Sempre tive a impressão de que todo mundo ouvia melhor do que eu. De que eu havia perdido alguma coisa. Ficava intrigada. Uma vez fui ao otorrino, eu tinha certeza que a minha audição não era normal, não podia ser, há algum problema, eu disse. O médico fez todos os exames, me colocou naquela caixa acústica, concluiu que a minha audição era perfeita, não pode ser, eu expliquei, expliquei tudo. Sempre tive a impressão de que todo mundo ouve melhor do que eu, disse a ele. O médico riu, insistiu que estava tudo perfeito. Eu não me convenci, procurei outro otorrino, fiz os exames novamente, mais uma vez o resultado, a minha audição era impecável. Mas eu tinha certeza que não era, havia algo que me escapava, por mais que eu aumentasse o volume ou encostasse o ouvido na porta. Como agora, ouve.

Passos, barulho seco, como se alguém pulasse de um lugar relativamente alto, um muro ou uma pedra, ruído abafado de passos na areia, barulho do mar, por alguns minutos apenas o barulho do mar.

O que você ouviu? As ondas? O mar batendo nas pedras? Ou você ouviu alguma outra coisa além disso? Talvez alguém correndo, um cachorro latindo, alguém fechando a janela com força, uma conversa ao pé do ouvido. Por que não. Tanta coisa você talvez tenha ouvido sem que eu saiba, eu aqui, apenas o mar e as ondas batendo. A maré alta, ou será baixa? Já nem sei mais, a maré varia de acordo com a lua? Talvez você, só de ouvir esta gravação, pudesse afirmar, maré alta, lua cheia, latitude, longitude. Ou, como nos filmes de detetive, você, perspicaz, talvez possa concluir, lógica, apenas lógica, que a praia, deserta a esta hora, deve ficar afastada do centro, uma pequena enseada de difícil acesso, algumas horas de caminhada pela paisagem montanhosa e desértica, uma descida íngreme, e enfim a praia, o barulho da areia sob meus pés. Então, você concluiria, talvez os turistas de antes, apenas um grupo desgarrado, e eu aqui, tentando te enganar. Será? Eu sempre gostei de histórias de detetive. Nelas sempre há uma explicação para tudo, mesmo que a princípio nos pareça distante, impossível, sabemos que há, e que em algum momento nosso personagem nos dirá, com expressão de triunfo: elementar. E tudo passará a fazer sentido. Nas histórias de detetive a falta de sentido é apenas aparente, as coisas parecem insolúveis, mas nós sabemos que em algum momento alguém dirá, veja, meu caro, elementar. E nós ficaremos ali, sorridentes, aliviados. Surpresos de não termos percebido aquilo antes, tudo tão óbvio, apenas nós e a nossa incapacidade. Alex, é tão reconfortante saber que, seja como for, tudo fará sentido no final. E não esses ruídos, essa música que a gente não ouve, esse murmúrio silencioso e a constante sensação de que estamos perdendo alguma coisa.

Ruído não identificável. Silêncio.

GRAVAÇÃO 3

Música instrumental ao fundo. Lenta e melancólica.

Karen nunca pensava na morte. A gente nunca pensa, não é? Ou será que pensamos o tempo todo e, de tanto pensar nela, já nem a percebemos? A presença constante da morte. Um dia Karen me ligou, queria porque queria que eu assistisse a um vídeo na internet. Eu estava com pressa, disse que veria depois. No fim do dia ela apareceu lá em casa.

A música fica mais alta, sobrepõe-se à voz de Érika, que se torna inaudível. Após alguns minutos, a música para repentinamente, ouve-se apenas Érika assobiando a melodia. Depois, breve silêncio.

A história que tanto havia impressionado Karen, o vídeo que ela queria que eu visse, será que ela algum dia chegou a comentar com você? Ou será que eu mesma já comentei essa história com você? Bom, não importa. Tratava-se de um cara, um poeta, bem típico mesmo, desses malditos, excêntricos, loucos. Não sei muito sobre ele, apenas o que Karen me contou, era a década de 80, e o tal poeta maldito resolveu aparecer num programa de auditório. O programa era o seguinte, cada candidato chegava e tinha que mostrar o que sabia fazer, os seus dotes artísticos, a partir daí os jurados decidiriam o vencedor. Então esse sujeito resolveu se fantasiar de bardo e interpretar uma passagem do *Otelo*. O tal vídeo era isso, o homem com aquela fantasia fazendo uma interpretação duvidosa do *Otelo*. Em seguida, os jurados dando notas e comentando o seu desempenho. Ele muito nervoso. E aí vem a parte mais bizarra, ele tenta explicar ao apresentador, aos jurados, ao público, que ele está ali interpretando mas que na realidade é poeta, e, para provar o que diz, tenta declamar algum dos seus poemas. (*Érika ri, nervosa*) Nessa hora, porém, o apresentador o interrompe, ou os próprios jurados, de qualquer forma termina o vídeo, ele naquela situação tragicômica, vestido de bardo, tentando explicar que está ali, fazendo aquele papel ridículo, mas que na realidade é poeta. Mas o que importa não é isso. O que impressionou Karen, e mais tarde a mim também, foi saber que o tal poeta, aparentemente não de todo desconhecido, pouco tempo depois, no dia em que fazia trinta e dois anos, cortou os pulsos na banheira do apartamento onde morava. Fiquei muito tempo pensando nisso. Não tanto no fato de o cara ter se suicidado, já que um suicídio a mais, um suicídio a menos, que diferença faria? Fiquei pensando que essa informação, o cara ter se suicidado dias depois, dá outro significado ao vídeo. Faz com que enxerguemos algo assustador nele. E o que era para ser apenas um episódio grotesco vira um evento absurdo, trágico e enigmático. Como agora, por exemplo, quando eu te digo, o cara se suicidou.

Silêncio. Em seguida, ouve-se música alegre, ritmo dançante. Passos de alguém dançando fora do ritmo. Érika canta junto com a voz feminina. A voz de Érika torna-se aguda. Repentinamente, a música para.

Viu? A música que era para nos acompanhar na alegria, ficou assim, deslocada, talvez irônica. É assim. Tudo depende da expectativa. E a gente interpreta o que a gente quiser. Tudo depende de você saber ou não saber antes que as coisas aconteçam. Este quadro que tenho aqui agora, um quadro figurativo mas de forte traço expressionista, ou pós-expressionista, como você preferir. De toda maneira, te asseguro que você gostaria dele. Bom, este quadro, por exemplo, se, antes de tirar o pano que o protege, eu te disser, é de um fulaninho qualquer, eu tiro o pano e você vê um quadro de um fulaninho qualquer, talvez o ache até um pouco naïf, como você gosta de classificar a pintura figurativa feita por teus alunos. Mas, se eu te disser, é de um fulaninho famoso, eu tiro o pano e você vê outro quadro, e, se eu disser, é de um fulaninho famoso que se enforcou pouco depois de terminar esta pintura, surge diante dos teus olhos um leque muito distinto de símbolos e significados, não? E, se eu te disser, fulaninho se enforcou da seguinte forma, em vez de subir num banco ou numa cadeira e depois empurrá-la para longe, ele se posicionou de modo a que, caso desistisse, bastaria pôr novamente os pés no chão.

Colocou a corda em volta do pescoço, e, mesmo bastando encostar novamente os pés no chão, ele não fez isso. Fulaninho em nenhum momento duvidou, e foi até o fim. Você entende? O que seria esta última pintura então? (*pausa*) O que eu quero dizer com isso? Quero dizer que o fato de sabermos as coisas nos torna culpados. É sempre melhor quando a gente não sabe, e ainda é possível ser livre.

Foi o que me aconteceu com Karen. Enquanto eu não sabia, era livre para qualquer crueldade, qualquer mentira, ou qualquer delicadeza, livre para ir embora ou voltar, ou o que eu quisesse. Mas não, a notícia chegou de uma forma tão simples que eu fiquei ali sentada em frente a ela sem saber o que fazer com aquilo que eu soube. Karen esperava que eu chorasse, que entrasse em desespero, que caísse desmaiada, ou ao menos que lhe desse um abraço, algo assim. Mas eu fiquei ali muda, imóvel, olhando para ela. Não posso te dizer nem que pensei em alguma coisa para dizer, na realidade não pensei em nada, a mente vazia. Depois, me levantei e fui embora. Desliguei o celular. Karen deixou vinte e cinco mensagens no meu celular naquele dia. Nove mensagens na secretária eletrônica. Quatro e-mails. Ainda me procurou durante algumas semanas, foi atrás de amigos comuns para que falassem comigo, e, principalmente, foi atrás de você. Tempos depois você me disse que você jamais entenderia a minha reação. Naquela tarde, naquela mesma tarde, eu havia te procurado, passamos a tarde inteira na cama. Você me achou diferente, mais bonita, mais lânguida. Muitas vezes você me perguntou, talvez com medo da resposta, naquela hora você já sabia? Sim, eu sabia. Eu sabia.

Pausa. Música alegre novamente. Volume altíssimo. Érika canta desafinada, quase gritando. Interrupção. Silêncio.

Eu me recusei a comentar o assunto, com você, com quem quer que fosse. E continuei me recusando a falar com ela, inclusive a recebê-la nas vezes em que ela tocou o interfone do meu prédio. Eu olhava pela janela, e ela estava lá, no portão. Ela sabia que eu estava em casa, via a minha sombra detrás da cortina. O interfone insistente. Eu não atendia. Ninguém entendeu o que estava acontecendo comigo, a minha reação. Nem eu. Só sei te dizer que eu estava bem. Você mesmo notou, não? Estranho, mas é verdade, eu estava feliz, ou algo semelhante. Era como se Karen nunca houvesse existido, e eu me sentia leve. Mas era mais do que isso.

Longo silêncio. Respiração acelerada de Érika.

Karen parecia não acreditar nas próprias palavras quando me contou o resultado do exame. Uma dor que aparecera algumas semanas antes, uma bobagem. O exame, apenas para constar, procedimento de praxe, dissera o médico. Eu já nem lembrava que ela havia feito o tal exame. Enfim, o corpo já estava tomado. Não havia muito a fazer, dissera o médico. Talvez dois, três meses. Câncer. Ela pronunciou essa palavra com a voz muito baixa e aguda. Como se temesse ser repreendida. Na hora me pareceu que câncer era apenas uma palavra. Assim como rua ou prédio ou paralelepípedo. Eu fiquei pensando, câncer é apenas uma palavra, nada mais. Naquele instante, tudo me pareceu ser feito de palavras sem peso, sem valor. Por isso, o que quer que eu dissesse a Karen seria supérfluo, hipócrita. Eu poderia ter chorado, ter dito que a vida era injusta, ou ter tentado acalmá-la, ter dito qualquer coisa a ela, que tudo ficaria bem, que daríamos um jeito, qualquer coisa. Mas eu só conseguia repetir a palavra *câncer*, em silêncio, câncer, câncer, feito um mantra. Eu repetia, surpresa de que aquilo não tivesse significado nenhum. E, mesmo que depois você, ou quem quer que fosse, me dissesse que o câncer se espalhara pelo corpo de Karen e que ela estava morrendo, as coisas continuaram sem significado. A morte, o que poderia significar para nós a morte? Um monte de gente vestida de preto usando óculos escuros? Mulheres chorando e homens carregando circunspectos as alças do caixão? Uma sepultura? Estátuas de anjos enfeitando um mausoléu? Uma caveira vestindo uma capa com capuz? A morte, Alex, a morte não significa nada. Ou significa o que a gente quiser.

O corpo de Karen estava podre por dentro, e ninguém percebera. Por fora, aquela cara de menina, a pele muito branca, os cabelos negros e lisos, a franja, o corte na altura da nuca, a boca pequena, os olhos amendoados. Lembra? A pele muito branca ficava avermelhada com o frio ou o vento ou o sol, tão normal, tão saudável, mas por dentro estava tudo podre. Não fique chateado por eu falar dessa forma, as coisas têm que ser ditas como elas são, não era o que você mesmo dizia? Você dizia, é necessário coragem. Eu agora me pergunto, será? Será que a verdade exige mesmo coragem? Às vezes tenho a impressão de que isso que chamamos coragem só existe da perspectiva dos que observam de fora, dos que ficam. Na hora, trata-se apenas de uma decisão trivial, como comer pão com manteiga ou com margarina, ou, ainda pior, falta de opção, apenas isso. E quem sabe até os grandes acontecimentos, as guerras, as batalhas definitivas sejam apenas isso, uma decisão de momento, e a história não passe disso, os grandes homens, os grandes atos, talvez apenas um jogo de batalha-naval. E, um dia, dentro do corpo está tudo podre, e a gente morre. Não há coragem alguma nisso.

Mas, como te dizia, fui embora sem dizer nada.

GRAVAÇÃO 4

Barulho de passos, de sapatos pesados na terra, o ressoar de pequenas pedras. Vento. Respiração ofegante.

Estar aqui é como estar na Lua. E, ao chegar lá em cima, será possível ver a paisagem e também a cratera morta do vulcão. Com a luz do sol os vulcões aqui adquirem tons incomuns de vermelho e um espectro que vai do laranja ao verde. Vez ou outra passa uma caravana de turistas carregados por dromedários. Em fila indiana, os turistas de dois em dois, balançando inseguros na corcova do dromedário. Mas aqui os dromedários não chegam. Daqui vejo apenas as pequenas trilhas de lava que circundam o vulcão. Hoje quase não há turistas, talvez o céu fechado, as nuvens. No início da trilha apenas um casal, ingleses, imagino, eles me olharam com piedade por me verem sozinha, as pessoas não costumam andar sozinhas por aí. Não é de bom-tom, diria Karen. Lembra que a gente costumava pegar no pé dela por causa dessa frase, não é de bom-tom. A verdade é que quase nada é de bom-tom, não é de bom-tom subir montanhas sozinha, não é de bom-tom ir embora sem se despedir, não é de bom-tom morrer sem avisar, essas coisas.

Quando Karen morreu, ninguém me ligou para avisar. Somente uma semana depois, aquela tua mensagem. Caso você ainda não saiba, o tom distante da tua voz. Eu sei, depois você me disse, você não estava com raiva de mim, apenas precisava de um tempo para pensar. Mas talvez eu me sentisse culpada mesmo assim. A tua mensagem somente uma semana depois. Caso você ainda não saiba. E eu fiquei vivendo assim, uma semana com Karen viva quando na verdade ela já estava morta. Ninguém me avisou. E afinal, agora penso, que diferença faria? Se você não tivesse me avisado, Karen continuaria viva, e eu continuaria ouvindo as mensagens que ela me deixara na secretária eletrônica. Durante todo aquele tempo ouvi repetidamente a sua voz, não me interessavam as palavras, se ela reclamava ou ria ou chorava ou me fazia acusações, o que importava era aquele registro, aquele som. A voz de Karen. O tom melodioso e triste da voz de Karen, aquele jeito cantado de falar, como se tudo tivesse que ter uma harmonia própria. Durante uma semana ouvi a voz de alguém que já não existia pensando que ela ainda estava ali, dormindo, acordando. Ouvi aquela voz sempre com a possibilidade de ligar, de apertar uma tecla e ela do outro lado da linha, mesmo que eu nunca chegasse a ligar, gostava da possibilidade de ela atender. Ou até mesmo de ela não atender, mas ouvir o telefone tocar e de propósito não atender. Uma decisão que, me excluindo ou não, sempre me incluiria. Mas durante aquela semana convivi com essa possibilidade sem que ela existisse realmente. Quando você me ligou para contar o acontecido, foi isso que mais me doeu, aquela semana, aquela ingenuidade minha. Mas agora penso, será que importa? Talvez não faça diferença alguma, Karen existir ou não do outro lado da linha. Qualquer possibilidade. O que importa é o que eu penso, mesmo que eu me engane, existe apenas o que eu penso. E, se você não me ligasse naquele dia, e depois aparecesse lá em casa, os olhos inchados de raiva, pensei, se você não me ligasse naquele dia, eu continuaria exatamente a mesma, e a possibilidade de Karen do outro lado da linha, mesmo que eu não ligasse nunca. E ela nunca atendesse. Mas, depois que você me contou o que havia acontecido, depois tudo mudou. Já percebeu como é estranho ouvir a voz de uma pessoa que não mais existe? Aquela voz como um fantasma, ou uma viagem no tempo, uma vitrola quebrada, um disco preso ao passado que se repete e se repete. É estranho, porque parece tão convincente, tão real. Alguém deixou uma mensagem, mas essa pessoa não existe mais. Agora apenas um corpo debaixo da terra, ou nem isso, as cinzas do que foi um dia aquele corpo, numa urna ou espalhadas em qualquer lugar, o lugar preferido. E ficou então somente a tal mensagem, a voz dizendo para você ligar, que está te esperando todos os dias, esperando um telefonema teu. A voz é chorosa, insegura, um telefonema teu. Pergunta desesperada por quê. Por que você está fazendo isso? A voz insiste. Uma pergunta que você não vai mais poder responder. É estranho alguém te fazer uma pergunta e morrer. E aquela voz gravada para sempre, perguntando, perguntando. Outro dia pensei em pegar essa gravação e fazer uma montagem com as minhas respostas.

Pareceria um diálogo. Pensei até em gravar num arquivo e te mandar para que você ouvisse a nossa conversa, assim eu te pareceria menos cruel. E ficaria ali para sempre a prova, a prova da conversa que não tivemos. Talvez se eu mesma a ouvisse todos os dias, repetidas vezes, talvez de tanto ouvi-la, eu mesma me convencesse, e até falasse dela, a última conversa com Karen, quando eu enfim pedi desculpas e me expliquei e, quem sabe, até me redimi. Eu me ouviria chorar e pedir perdão e essas coisas que fazemos quando nos sentimos culpados e alguém está morrendo.

Ouvem-se passos rápidos e inseguros. Depois os passos cessam, o som de uma pedra sendo arremessada longe. Em seguida outra pedra, ainda maior. Pausa. Respiração ofegante de Érika. O vento forte. Por longos minutos apenas o vento e a respiração de Érika.

A cratera de um vulcão é muito diferente do que eu imaginava, ao menos deste aqui. Apenas um monte de cinzas. Eu imaginava uma descida ao inferno, a terra queimando lá dentro, muita fumaça. Imaginei que desse até para cozinhar, assar maçãs, frangos, sei lá. Este vulcãozinho aqui, porém, é só uma cratera cheia de cinzas. As coisas são sempre melhores na nossa imaginação. E, se eu não soubesse que isto é um vulcão, talvez nem percebesse, e saísse daqui pensando que se tratava de mais uma montanha.

Passos novamente, um pequeno grupo se aproxima, o ritmo é lento porém constante. Ouvem-se cumprimentos em espanhol. Érika responde. Depois silêncio. Os passos se afastam.

Naquela tarde, logo após a conversa com Karen, o resultado do exame. Cheguei na tua casa sorrindo, você estava trabalhando naquela instalação dos retratos falados. Cheguei sorrindo, te dei um beijo. Lembro que fiz um comentário sobre a relevância do material que você estava usando, você riu, me serviu uma taça de vinho, eu bebi sem deixar de olhar para você. Depois tirei a blusa, você surpreso com aquela visita inesperada, aquela minha espontaneidade. Te beijei de novo, eu estava contente, feliz, lânguida você disse. Palavra estranha essa, *lânguida*, nunca entendi o que significa realmente. Então eu estava lá no teu ateliê, lânguida no meio da tarde. Feliz, sorridente. Sei que depois você repassou aquele instante com insistência, sempre tentando descobrir, na lembrança do meu rosto, do meu corpo, dos meus gestos, algum detalhe, algum sinal que explicasse o que tudo aquilo significava, e sempre se perguntando, por quê? Tentando compreender por que eu, depois de saber o resultado do exame de Karen, do câncer de Karen, depois de ouvir a palavra *câncer*, e todo o peso da palavra *câncer*, apareci assim, feliz, sorridente no teu ateliê. E toda aquela vivacidade, aquela alegria naquela tarde.

Na verdade você acabou vivendo duas tardes, a tarde daquele dia, linda, você me disse, você estava mais bonita do que nunca, alegre, cheia de vida, a tarde inteira nós dois na tua cama, rindo por qualquer bobagem, como dois amantes, felizes, rindo. Você nunca esteve tão linda, tão luminosa como naquela tarde, lânguida, você disse enquanto se despedia e me beijava o ombro, o pescoço. Algumas horas depois, porém, tudo mudou. E surgiu então a outra tarde, o outro lado. O teu telefone tocou. Era Karen me procurando, você sem entender, Karen chorava, falou do resultado do exame, a palavra *câncer*, disse que eu tinha ido embora sem dizer nada, eu simplesmente tinha me levantado e ido embora, nem ao menos uma palavra, uma explicação. Você a princípio achou que não tinha entendido direito, como assim? Quando foi isso? Logo de manhã, Karen respondeu, logo que ela havia chegado do médico, você não teve coragem de dizer que eu passara a tarde ali com você, na tua cama, disse apenas, ela deve estar em estado de choque, deve ser isso, com certeza vai te ligar, vai aparecer. E, a partir de então, a tarde, que era aquela mesma tarde tão alegre, transformou-se em algo muito diferente. Como eu podia? Por mais que você me entenda, ou diga que me entende, sei que foi o que você se perguntou. Como eu podia? E cada beijo, cada carícia se tornou um enigma. Você desligou o telefone, deixou Karen chorando do outro lado da linha, não disse uma palavra. Ficou ali, pensando naquela tarde, eu na tua cama, no teu ateliê. Na minha alegria, na minha felicidade, eu que nunca havia te parecido tão linda.

Silêncio.

Quando eu saí da tua casa aquela tarde, o sol estava se pondo e o céu adquirira uma tonalidade avermelhada. Soprava uma brisa fresca de primavera. E eu me sentia bem, leve. Tudo parecia perfeito. Agora, penso, já percebeu que são justamente esses momentos, quando tudo parece perfeito, que antecedem os acontecimentos mais assustadores, as piores tragédias? Talvez toda felicidade tenha um fundo falso, uma tonalidade artificial, e esteja ali apenas para contrastar com o que está por vir.

Barulho de pedras sendo atiradas longe.

GRAVAÇÃO 5

Ruído agudo não identificável.

Alguns dias depois a mãe de Karen me procurou. Nunca te contei isso, mas, sim, ela me procurou. Apesar de toda a raiva que sentia de mim. Ligou perguntando se podíamos conversar, sugeriu que nos encontrássemos num café. Aquele perto da tua casa, quase sempre vazio, nós nunca entrávamos, costumávamos olhar pelo vidro as pessoas lá dentro, as pessoas naquele café pareciam de plástico, de isopor. Como a mãe de Karen. Os cabelos louros e longos, os poros abertos de tanto esticar a pele, a boca desproporcional. De costas, parecia uma mulher jovem, quem a visse de costas pensaria que ela era uma mulher muito jovem, magra, talvez da idade da própria Karen. O rosto, porém, era de velha, uma velha de ar infantil, mas uma velha. Sempre me pareceu que aquela mulher não era de carne e osso, era feito um manequim de vitrine, o olhar estranho, como se te olhasse e não te visse. Como se falasse com você mas você não estivesse lá. Dizem que é o álcool. Eu acho que foram todas aquelas plásticas que ela fez. Karen dizia que o olhar dela sempre fora assim. Desde sempre. Não sei. A questão é que a mãe de Karen me ligou, eu disse que sim, que tudo bem. Imediatamente depois, me arrependi. Eu não tinha nada para conversar com ela. A boneca de isopor.

Érika assobia sem ritmo definido. Depois, murmura uma canção, as sílabas chorosas e arrastadas tornando a letra incompreensível. Palmas acompanhando a melodia. Pausa.

Já percebeu que a música de fundo funciona como uma espécie de seta que aponta por qual caminho seguir? Se eu te digo, encontrei a mãe de Karen, fazendo-me acompanhar de um adágio ou até de um andante, a mãe de Karen surge como uma senhora muito preocupada com a filha. Mas, se em vez de uma melodia lenta e triste eu coloco algo mais animado, mais alegre, a mãe de Karen imediatamente muda de figura e se torna uma mãe insensível, cruel. Agora, sem música nenhuma, a mãe volta a ser uma simples boneca de isopor. Injusto, não?, já que independe dela ou do que ela faça. A música é sempre quem dá as cartas. Uma vez, pensando nisso, imaginei um trabalho que casasse imagens com sons desencontrados. Um vídeo feito a partir de fotografias, música para costurar a narrativa, as imagens editadas conforme a música escolhida. Talvez fotos famosas, imagens tristes, assustadoras, e a edição, o ritmo alegre. O estranhamento. Ou, ao contrário, uma longa série de imagens claramente alegres ao som de uma melodia arrastada, triste. O incômodo. Então, para o meu encontro com Ellen, a mãe de Karen, eu escolho um tango.

Érika assobia as primeiras notas de um tango conhecido.

É para combinar com ela. Ellen, a atriz. Tinha sido muito bonita, você sabe. Você foi o primeiro a comentar espantado quando entramos pela primeira vez no apartamento de Karen e havia aquela foto em preto e branco, enorme, ocupando quase toda a parede da sala. Karen explicou, a voz estranha, que era a mãe dela. Minha mãe é atriz. Claro, você disse, eu repeti, claro. Me espantou não tanto o tamanho da foto, mas o olhar de Karen, como se olhasse para um altar, para a figura de uma santa. A mãe, lindíssima no palco. Eu perguntei se era uma encenação de *Medeia*, Karen não respondeu, parecia distante. Você piscou para mim, rindo. A mãe importantíssima. Tinha sido uma atriz famosa, tinha trabalhado com diretores respeitados. Nós dois sabíamos, nós dois fingíamos não saber. Talvez quiséssemos apenas perturbar Karen, ou observar a sua reação. Um dia ela trouxe aquele filme antigo, a mãe era uma das protagonistas. Assistimos no teu ateliê, eu lembro, nós três deitados na cama bebendo aquele vinho horrível que você ganhara de presente de um aluno. Era um filme em preto e branco, meio *nouvelle vague*, aquela estética existencialista, uns diálogos de existencialismo de botequim. E lá estava Ellen, realmente linda, parecia uma deusa nórdica, dessas que te fulminam só com a sua presença. Uma longa cabeleira loura, os olhos pintados com delineador, o rosto perfeito, a pose de mulher inalcançável. Karen parecia hipnotizada pela imagem da mãe na televisão. Era uma atriz pouco convincente, lembro que comentei com você, você concordou, até mesmo naquele filme, com toda aquela frieza, aquela distância. Era uma péssima atriz, eu pensei, nunca disse isso a Karen, você também pensou, você também preferiu não dizer nada. O curioso é que nós dois pensávamos as mesmas coisas, e, sem dizer ou demonstrar um ao outro, nós sabíamos, as mesmas coisas, e sorríamos internamente. Havia, sempre houve entre nós, uma comunicação silenciosa. E era sempre Karen quem não ouvia, quem ficava de fora. É que as relações só existem assim. A três. É sempre necessário um terceiro, que, ao ser excluído, possa, através da sua ausência, estabelecer um elo entre os outros dois. Sempre alguém tinha que ser excluído. No nosso caso, era Karen, eu pensava, mas agora não tenho mais tanta certeza.

Ellen dava a impressão de que nunca deixava de atuar, até mesmo com Karen, num instante passava da frieza extrema ao carinho derramado, meu amor, meu amorzinho, minha filhinha, meu bebezinho e mais uma infinidade de "inhos". Você a imitava incrivelmente bem, eu morria de rir, Karen ficava furiosa, gritava com a gente. Uma vez ela jogou aquela tua escultura de cobre contra a parede. Ficamos por alguns momentos ali, assustados, em silêncio. A marca na parede. A estátua que rolou pelo assoalho. Karen parecia tão incapaz de um gesto desses. Ela sempre tão suave. Por alguns momentos eu e você ficamos sem saber como agir, até que você deu uma gargalhada, desmedida, estridente. Karen e eu começamos a rir também, acho que de nervoso, não sei. Ficamos rindo por muito tempo, era contagiante, mas não havia alegria naquilo, apenas algo que nos inquietava.

Barulho de pedras sendo jogadas, pedras batendo na terra, em outras pedras. Depois, um longo silêncio.

Sabe que o silêncio não existe? Grande descoberta, você dirá, sarcástico. Mas não importa. O que importa é que o silêncio não existe, e, ainda que eu fique aqui e não diga nada, há sempre algo acontecendo e fazendo barulho. Ininterruptamente. Por isso, o silêncio, ou o não silêncio ou o quase silêncio, como você preferir chamá-lo, nunca é igual. Agora, por exemplo, ainda que eu não diga nada e mantenha o gravador funcionando, há sempre algo que ficará gravado. E sempre algo diferente. A primeira vez que pensei nisso, ou li sobre isso, já não sei, a primeira vez, lembro que a ideia me pareceu assustadora, estar sempre ouvindo alguma coisa, nunca poder descansar. Como os pensamentos, ou os sonhos, dizem que a mente nunca para, e mesmo dormindo a gente pensa. Cansativo, não? Às vezes penso, quando eu morrer, a única coisa que espero é que não exista vida após a morte, paraíso, reencarnação, nada disso. Seria tão bom simplesmente morrer e parar de pensar, de existir, o silêncio enfim. É como eu gostaria que fosse a morte, o silêncio enfim. Mas em geral as pessoas, ao contrário, querem continuar vivendo e falando e ouvindo, infinitamente.

Enfim. Talvez a morte não exista, sinceramente seria trágico. (*Érika ri*)

Mas, bom, eu te falava de Ellen. No dia marcado, lá estava eu no tal café. Escolhi uma mesa bem no fundo, quase escondida. Então a mãe de Karen chegou, você sabe que é algo impossível de não perceber, a chegada da mãe de Karen. É como se chegasse um enxame de abelhas, um maremoto. Ela, muito maquiada, vestia uma túnica indiana e pantalonas de seda, sapatos de bico fino e salto altíssimo, óculos de sol que quase cobriam o seu rosto. Os cabelos louros presos num rabo de cavalo. Quando ela se aproximou, logo senti o perfume intenso que se espalhava, de repente todo o espaço tinha sido tomado pelo perfume de Ellen, como se ela, a figura dela, o seu perfume, a sua presença tivessem uma força incontrolável. Eu nunca havia estado a sós com ela. Nas poucas vezes que a vira, fora sempre tudo muito rápido, quando ela por algum motivo se sentia culpada e passava na casa de Karen para entregar-lhe um presente, sempre algo de que a filha não precisava. Naquele instante, porém, pude entender o que Karen sentia. Acho que pela primeira vez entendi aquele medo incontrolável de Karen, a força que a paralisava e, ao mesmo tempo, o fascínio. O fascínio. (*pausa*) Ellen se aproximou, o barulho dos saltos dos sapatos, ela me pareceu altíssima, o perfume que se espalhava pelo ambiente. Me deu um abraço, você acredita? Ellen veio em minha direção e me abraçou como se fôssemos as melhores amigas, vários minutos ali naquela posição, ela me abraçando. Eu me sentia sufocada, o cheiro do perfume, não sei. Queria me desvencilhar, mas não conseguia, o abraço de Ellen me paralisava. Não era um gesto carinhoso, não, era como se alguém se apoderasse de você, tomasse o teu lugar, e em pouco tempo não restasse nada. Ficamos assim por vários minutos. Eu sentia o corpo tenso, um incômodo. Somente após longos instantes ela me soltou. Eu imediatamente dei um passo para trás, tentando realinhar os pensamentos, recobrar algum antigo equilíbrio, a respiração. E, quando ela tirou os óculos, seu olhar distante e ao mesmo tempo exigente. Era isso, uma demanda impossível. Naquele momento, senti que tinha medo. O mesmo medo que Karen sentia diante dela, e o mais estranho, isso eu percebo apenas agora, naquele momento o medo que eu senti me reaproximou de Karen. É estranho como o medo aproxima, assim como a tristeza, a infelicidade, o ódio, o rancor. São sempre esses sentimentos, os menos desejados, que selam um pacto, uma irmandade. Por que será?

Érika canta baixinho, um tanto desafinada, o mesmo tango que começara a assobiar anteriormente.

GRAVAÇÃO 6

A mãe de Karen queria me pedir um favor. Foi o que ela disse, um favor. Pareceu-me tão inesperada essa expressão vinda da sua boca, a diva, a boneca de isopor. Queria que eu visitasse a filha, ou ao menos que ligasse para ela. Para dizer o quê, eu perguntei. Ela ficou alguns instantes em silêncio, aparentemente não esperava que eu fizesse essa pergunta, afinal o que eu deveria dizer? Desculpa? Sinto muito? O que a gente diz para alguém que vai morrer? Não tenho a menor ideia, não ensinam nas escolas, não vem nos livros de etiqueta. Foi o que expliquei a Ellen. Ela também não sabia muito bem o que eu deveria dizer. Diga qualquer coisa, ela disse após um longo silêncio. Pois é, o favor era esse, que eu ligasse para Karen e dissesse qualquer coisa, oi, tudo bom? Como vai? Como estão as coisas por aí? Qualquer coisa. Talvez, no fundo, as conversas sejam assim mesmo, talvez as palavras não tenham muita importância. O que a gente diz. Importa apenas a gente ali, feito um ator responsável que decorou suas falas e as reproduz com entonação e expressão adequadas. A gente com ar compenetrado e um barulho qualquer.

Barulho de liquidificador. Érika continua falando, a voz é abafada pelo liquidificador. Silêncio. Som agudo de algum objeto sendo colocado sobre a mesa. Líquido sendo servido. Passos de Érika.

Hoje não saí de casa. Da casa de Bruno e Vanessa. Eles gostam tanto daqui. Vêm todo ano. Ficam alguns dias, às vezes longas temporadas, você sabe. E eu, quanto tempo faz que estou nesta ilha? Uma semana, um mês, não sei ao certo. Às vezes acho que vou ficar para sempre presa aqui. Me dá uma espécie de claustrofobia. Um desespero. Mas como não se desesperar? Isto aqui é uma ilha no meio do oceano. Não dá nem mesmo para, num gesto último, sair nadando e nadando e nadando, e chegar à costa de algum continente, a outro país. Tem ilha que é assim, você nada, nada, e chega a outro país. Bobagem, você me diria, dificilmente alguém conseguiria sobreviver a uma travessia dessas, mesmo que fosse ali na esquina, muito menos você, que nem nadar direito sabe, você diria. Muito menos eu. É verdade, eu nunca quis aprender a nadar, e hoje, ao entrar no mar, o que faço é me manter na superfície graças a algum conhecimento intuitivo, como o dos cachorros, ou dos bebês. Só que esse conhecimento intuitivo não serve para as grandes distâncias. Para as grandes distâncias é necessário preparo, e técnica, não é? Já percebeu que, sempre que a gente fala em nadar ou não saber nadar, ou em aprender a nadar, parece que a gente tirou isso de algum livro de autoajuda? Me irrita que as coisas adquiram automaticamente um significado que não lhes dei. Mas, voltando ao que eu dizia, não importa se é realmente possível nadar ou não até o continente mais próximo. O que importa é a certeza de que isso aconteceria. Você entende? Como no caso de dizer qualquer coisa, dizer qualquer coisa é como achar que seria possível simplesmente sair nadando e chegar a outro país. Não há nada mais desesperador do que estar numa ilha no meio do nada, tipo a ilha de Páscoa, não sei. O umbigo do mundo. (*Érika ri*) Dizem que a ilha de Páscoa é mínima. No meio do nada, umbigo do mundo, essas bobagens. Eu sei, isto aqui não é a ilha de Páscoa. Mas é como se fosse. Costumo acordar no meio da noite, por causa dos pesadelos. Te disse que voltou o antigo pesadelo? Acho que nunca vai mudar. (*silêncio*) Mas há pesadelos novos, ou aqueles que se transformam. No de agora eu perdia o último avião. É, havia isso, o último avião. Acho que por causa de uma guerra, sei lá. Então eu perdia o último avião e ficava aqui. O resto do mundo lá fora explodia, acabava. Destruição, bomba atômica. E eu ficava aqui, para sempre, tipo um Robinson Crusoé ao contrário. Ou algo parecido. Eu sei, meus pensamentos estão confusos hoje. Acho que é porque não saí de casa. Mas o que eu te dizia? Sim, a mãe de Karen me pediu que conversasse com ela. Eu disse que não.

Érika liga o rádio. Vai mudando de estação. Ouvem-se trechos de uma ópera, do noticiário, anúncios. Érika desliga o rádio.

Eu gosto desse barulho, esse chiado que o rádio faz quando a gente muda de estação. Quer dizer, o chiado que o rádio fazia. Agora é digital. Sinto saudade desse barulho. Agora, só aqui mesmo, numa ilha e nesse aparelho antigo.

Imagino que esse barulho tenha um nome, algo como ruído branco ou ruído rosa, sabe que há ruídos de várias cores? Mas o do rádio, pois é, deve ter um nome específico. Deveria ter. Uma vez fui a um concerto que era assim, um dos instrumentos era um rádio, mais especificamente o chiado do rádio entre uma estação e outra. Fazia parte da música. Fomos juntos, não? Logo no início. Mas agora penso que até poderia fazer um trabalho inspirado nisso. Por exemplo, uma sala fechada e um título, tipo *Concerto para alguma coisa*. A pessoa entraria lá, e não haveria nada. Apenas uma sala escura. Ela ficaria ali, intrigada, esperando o concerto começar ou alguma coisa acontecer. E o concerto seria justamente o barulho ou a respiração ou o que ela fizesse lá dentro. E, se ela não fizesse ou não dissesse nada, apenas as batidas do seu coração seriam o concerto.

Érika liga o rádio novamente. Entre uma estação e outra, põe o volume no máximo. Em seguida, grita de modo a sobrepor sua voz ao barulho do rádio. Voz de Érika: E não me diga que alguém já fez isso ou algo parecido. Não quero saber, não quero ouvir. Aumenta ainda mais o volume. Após alguns instantes, desliga o rádio.

Mas, como eu te dizia, a mãe de Karen me pediu que conversasse com ela. Ao menos um telefonema. Eu disse que não. Ela insistiu. Eu me mantive firme. Ela então se pôs a chorar. Eu não disse nada. Ela me disse, em meio às lágrimas, como você pode ser tão fria? Eu não disse nada. Ela se enfureceu. Começou a gritar. Pensei que fosse jogar o café no meu rosto, como nos filmes, sabe? Ou que fosse me dar uma bofetada, ou algo assim. Mas não, ela apenas continuou gritando, disse que eu era um monstro. Tive vontade de rir, me chamar de monstro combinava bem com o seu estilo. Claro que uma mulher como ela não me chamaria de egoísta ou autocentrada ou irresponsável. Claro que o adjetivo seria muito mais dramático, muito maior. Monstro. Eu comecei a rir da situação, a boneca de isopor ali, na minha frente, me chamando de monstro.

Eu não disse nada. Talvez tenha olhado para ela com sarcasmo, não sei. Mais ainda porque o sarcasmo não é uma coisa que você impõe ao outro, o outro simplesmente vê ou não vê, e se sente atingido ou não. De que adianta todo o sarcasmo do mundo se o outro não percebe. É como a ironia. É necessário que o outro perceba a tua fina ironia, é necessário que o outro seja uma superfície lisa o suficiente para te refletir. É necessário que o outro ao menos te escute. Não, a mãe de Karen não nascera para refletir nem escutar ninguém. Ela nascera para grandes sentimentos e grandes gestos e grandes palavras, do estilo você é um monstro. Eu não disse nada. Ela então pronunciou a sua última fala, não importa, Karen tem a mim, a mãe que sempre a amou e protegeu, ela sempre vai ter a mim. (*Érika ri*) Me lançou um olhar de fúria e completou, quanto a você, espero que morra velha e só. Pegou a bolsa e foi embora. Foi o que ela disse. Era esperado, o *grand finale*. Velha e só. Um sortilégio, uma praga que a boneca de isopor me rogava. Ela poderia ter me dado um tapa, mas preferiu aquilo. Talvez tenha lhe parecido mais intenso, a força das palavras. Por que será que temos tanto medo das palavras? Não tanto da palavra escrita, mas da palavra pronunciada. Por que será que ainda acreditamos em palavras mágicas, rezas, abracadabra? Será que se eu agora, nesta gravação, em vez de te contar esta história, simplesmente parar por uns segundos, respirar fundo e te disser: quero que você morra. Será que isso vai te ajudar a morrer? Será que isso vai te empurrar? Não sei. Sei apenas que, naquele momento, as palavras da mãe de Karen, por mais melodramáticas e teatrais que fossem, tiveram algum efeito em mim. Como quando você assiste a um filme, você sabe que é tudo mentira, fingimento, mas mesmo assim você sente medo e tristeza e alegria e o que for. Por que será que a gente, mesmo sabendo que é ilusão, na hora de sentir sente de verdade? Será apenas catarse? Ou será uma necessidade muito forte, e muito profunda, de viver algo especial? A necessidade dos grandes sentimentos, amor, ódio, honra, bravura.

Érika liga de novo o rádio, desta vez encontra rapidamente uma estação. Uma ópera. Érika diminui o volume, a música continua enquanto ela fala.

Mas, como te dizia, a mãe de Karen pegou a bolsa e foi embora. Eu fiquei lá, sem conseguir dizer nada, sem conseguir me levantar. Fiquei lá o resto da tarde. Me sentia, de repente, tão frágil, desamparada. É tão fácil qualquer coisa nos atingir. Até mesmo uma frase teatral. Fiquei pensando, talvez eu seja mesmo um monstro. Você acha? Mas o que é exatamente um monstro? Lembro que fui ver no dicionário, monstro é por definição um ser contrário à natureza. Algo que não deveria existir, que não estava programado. O monstro é, portanto, uma espécie de falha da evolução. Por outro lado, há a origem da palavra. Fui procurar a etimologia. E sabe o que eu achei? Lá dizia que originalmente monstro era o ser que vinha anunciar a vontade dos deuses. Curioso, não? Eu gosto dessa definição, porque no fundo ela nos redime, o monstro é apenas um arauto, um arauto negro, nada mais. E nada do que ele faça poderá mudar a vontade dos deuses, entende? Ou seja, o monstro não tem culpa da mensagem que carrega. Mais que isso. Sem ele ficaríamos incomunicáveis. Sem ele, ao entrarmos na sala escura na expectativa da música, do concerto, encontraríamos, aí sim, apenas o silêncio.

Érika desliga o rádio.

GRAVAÇÃO 7

Rádio ligado, locutor falando no telefone com um ouvinte. Ouve-se a voz do locutor simultaneamente à voz de Érika.

Hoje de manhã resolvi passear um pouco, me distrair. Fui dar uma caminhada, respirar um... (*inaudível*) ... os dromedários. (*longo trecho inaudível*) ... os dromedários quase não fazem barulho quando andam. Apenas o ruído abafado dos passos na areia. (*longo trecho inaudível*)

Érika diminui o volume do rádio. A voz de Érika sobrepõe-se à voz do locutor.

Sabe, eu estava caminhando hoje de manhã, e me lembrei de um conto que li há muito tempo. Um conto fantástico, ficção científica, algo do estilo. A história passava-se num futuro não muito distante. Numa cidade grande. Mais especificamente num cemitério. Um jovem, o narrador, está voltando de uma festa, um pouco bêbado se não me engano, quando ouve ruídos estranhos vindos do cemitério. Ele se aproxima e ouve vozes. Há também luzes, uma iluminação estranha. No início ele sente medo, quer fugir. Mas depois a curiosidade fala mais alto. Quando ele entra no cemitério, o leitor fica sabendo o seguinte: nesse futuro a tecnologia faz parte não somente da vida, mas também da morte das pessoas. E nas lápides, em vez de fotografias, o que há são aparelhos que projetam imagens, um vídeo, um holograma, ou algo parecido. São imagens dos mortos, de quando ainda estavam vivos. Durante toda a vida, desde o nascimento, eles foram gravando essas imagens, até o último momento, se possível até o último estertor. Para que, no fim, esse vídeo ficasse ali para ser projetado. Então as pessoas, os parentes, em vez de ir ao cemitério levar flores e olhar as fotos, iam até lá e assistiam ao vídeo do morto em qualquer fase da sua vida. O morto ainda criança brincando no parquinho, o morto aprendendo a andar de bicicleta, o morto em sua primeira comunhão, o casamento, e assim por diante. Segundo o narrador, acontecia que muitas pessoas levavam essa tarefa tão a sério, essa promessa de posteridade, que se preocupavam mais com a gravação do que com a vida. Claro, me parece bastante óbvio. Bom, mas a questão é que, naquela noite, ocorre um problema no sistema de informática do cemitério e, de repente, todos os vídeos são ligados. Todos os mortos começam a falar, a mostrar suas vidas ao mesmo tempo. Um caos. É nesse momento que o narrador está passando por ali. Não lembro o que acontece no final. Acho até que é um desses contos que não têm final, em que a história acaba assim de repente. Sabe, jamais gostei das coisas que acabam de repente.

Penso agora, esse conto, os vídeos, são mais ou menos como as gravações que ficaram na minha secretária eletrônica. Karen me pedindo que ligasse, querendo saber de mim, o que tinha acontecido. As indagações de Karen. Agora sem resposta. Somente a voz. E uma história que acaba assim de repente. Fico pensando, será que a voz de Karen vai ficar desse jeito, rondando, insistindo? A morte é uma coisa estranha, parece que as pessoas se recusam a morrer, e ficam ali, inflexíveis, por anos e anos. A pessoa desaparece, e ficam as suas marcas. As fotos, as roupas no armário. Sabe que há algumas coisas de Karen no meu armário? E no teu? Provavelmente sim. Karen gostava disso, de deixar coisas na casa dos outros. Como se soubesse da importância de deixar um rastro, uma marca. Antes de desaparecer assim, de repente, sem que houvesse um final. Então ficou a marca. Por exemplo, uma camiseta colorida, ela usava para dormir, uma camiseta meio infantil, com a estampa de um desenho animado, acho. Você deve saber qual é. Então foi isso, ficou essa camiseta sem Karen. Assim como as fotografias. Falando nisso, tem uma foto em que estamos nós três sentados num banco de praça. Ela está aqui comigo. Espera um pouco que eu vou buscar lá no quarto.

Barulho dos passos de Érika. Uma porta se abrindo, barulho de gaveta se abrindo, depois se fechando, passos novamente. Ao fundo, sempre a voz do locutor, ou a voz do ouvinte dando um depoimento.

Aqui está. Tínhamos passado o dia no parque. Você planejava trabalhar em não sei que projeto no teu ateliê, mas nós chegamos de surpresa e te convencemos a ir com a gente dar uma volta. Fomos tomar café, depois passear no parque, e ficamos por lá. Havia sido um dia leve, divertido, lembro que ríamos muito. Você como sempre se divertia à custa das pessoas que passavam. Você, como sempre, assustador. E Karen tão doce. Fico pensando, como Karen, sempre tão doce, podia gostar de nós? Da nossa maldade? Bom, a questão é que passáramos a tarde rindo. Estávamos os três sentados num banco, já pensando em ir embora, quando Karen disse, faz tempo que eu não me divirto tanto, eu me sinto tão bem, tão leve, queria poder ficar com vocês o resto da vida, ela sorriu para nós, os seus olhos brilhavam. É raro isso, alguém olhar para você e os olhos desse alguém brilharem. Acho que é uma capacidade que a gente perde com o fim da infância. Mas Karen não, Karen tinha essa coisa infantil. Isso despertava em mim uma ternura tão grande, e ao mesmo tempo um desejo de machucá-la. Como acontece normalmente com as coisas frágeis. A gente quer cuidar, mas, ao mesmo tempo, sente um desejo muito grande de ver aquele objeto tão fino, tão delicado cair e se despedaçar. Como se ele carregasse em si, o tempo todo, essa atração, essa possibilidade. Talvez algo instintivo. Penso agora, a gente sente isso desde criança, o desejo de construir, passamos horas e horas concentrados montando aquelas pecinhas só para ver que, no final, das pecinhas surgiu um castelo, ou um cavalo, ou um foguete. E olhamos maravilhados para aquilo. Mas, por outro lado, temos esse mesmo prazer em destruir depois o castelo, o cavalo, o mesmo olhar maravilhado ao ver que aquilo que antes existia, agora não existe mais.

Érika aumenta o volume do rádio. Aumenta também o tom da própria voz.

Gosto deste programa. As pessoas contam os seus problemas para o locutor, desde o homem que suspeita que o melhor amigo roubou o seu dromedário até a dona de casa que pede conselhos para lidar com o marido alcoólatra. No fundo, os problemas são sempre os mesmos. Até numa ilha no meio do oceano. Descobri o programa por acaso quando cheguei aqui, Pilar, a senhora que vem fazer a limpeza, também ouve. Ela é meio surda, e o volume está sempre no máximo, não tem como não ouvir. No início eu ficava furiosa, tentava discutir com ela, mas ela me ignorava. Então passei a acompanhar, primeiro de má vontade, depois com interesse. E acabamos ficando amigas.

Érika desliga o rádio. Pausa.

Eu te falava da foto. Aquele dia no parque. Nós três num banco do parque. Karen tinha levado a máquina, ela gostava disso, de documentar as coisas. Ao contrário de nós, que, apesar de trabalharmos com fotografia, nunca fotografávamos assim, os amigos no parque, ou os amigos na praia, ou os amigos em frente à torre Eiffel, ou o que fosse. Não tínhamos essa necessidade, talvez não quiséssemos esse testemunho, esse rastro. Em algumas coisas você e eu somos muito parecidos. Muito. Talvez por isso Karen gostasse de nós.

Silêncio.

Karen havia tirado uma série de fotos de nós dois no

banco. Nós dois abraçados, beijos, carinhos. Depois você disse, vem, Karen, não fuja, sem você não tem graça, Érika e eu fazemos questão da tua presença na foto. Lembro do rosto dela, seus olhos brilharam. Você sorriu. Lembro do teu sorriso. Eu sentia ciúme, afinal por que você estava lhe dando tanta importância? Tive raiva de Karen. E, ao mesmo tempo, não podia deixar de concordar. Sem ela não tinha graça. É, eu também desejava a presença de Karen. E havia realmente algo de especial naquele brilho, os seus olhos. Eu sei o que você sentia, e isso, estranhamente, nos aproximava. Ela pediu a um casal que passava para tirar uma foto dos três. Nós dois sentados e Karen em pé atrás da gente numa espécie de abraço, o corpo inclinado, o rosto entre o meu e o seu. Olhando agora a foto, vejo que Karen ficou numa posição estranha, como se fizesse esforço para não perder o equilíbrio. Mas na hora não senti assim, na hora a proximidade do seu rosto pareceu-me natural.

Passos de Érika, barulho de janela sendo aberta. O vento, algo cai no chão. Érika grita. Voz de Érika: Espera um minuto, caiu um negócio aqui. Ruído de algo pesado sendo colocado sobre a mesa.

Minhas lembranças do dia confundem-se com a imagem da foto. Karen usava uma calça jeans dobrada até o meio da batata da perna, sapatos de boneca, blusa sem manga ajustada ao corpo, uma gola de babados enorme, fechada no pescoço. O cabelo curto e fino e escuro, a franja. A pele branca, a boca pequena, porém de lábios cheios e avermelhados. A pele clara contrastava com o negro dos cabelos, da franja. Os olhos de longos cílios. Ela era bonita, você tinha razão. Bonita e suave. Você me disse, estou saindo com uma aluna. Bonita e suave, foram os adjetivos que você usou. Eu não dei muita bola, não era a primeira vez que você saía com uma aluna. Karen é especial, você disse, como se lesse meus pensamentos. Especial como, eu perguntei. Você vai ver, foi a tua resposta, em seguida você sorriu e me deu um beijo. Eu achei que havia algo estranho, mas depois esqueci, não pensei mais no assunto. Até o dia em que cheguei no teu ateliê e ela estava lá, sentada na beira da cama. Ela me viu, e levantou-se imediatamente. Acho que foi algum instinto. Ela me viu e se levantou. Parecia nervosa, assustada. Eu não me aproximei, cumprimentei-a à distância, sorri. Ela ficou sem saber se deveria vir até mim ou continuar onde estava, olhou para você como que indagando. Você sorriu, disse, olhando para mim, Érika é uma amiga de longa data. É uma artista fantástica, trabalhamos juntos. Eu sem ela não sou ninguém. E você me apresentou assim, eu sem ela não sou ninguém. (*Érika ri*) Os olhos de Karen brilhavam. Eu sorri. Como é fácil nos pegar pela vaidade, não é, Alex. Ali, eu me via refletida nos olhos de Karen, e imediatamente compreendi o que você quisera dizer com Karen é especial. Sim, você tinha razão, Karen era especial. Ela saiu de onde estava e veio até mim, me abraçou ainda insegura. Me deu um beijo no rosto e disse, aquele seu jeito de menina, disse, Alex fala tanto de você, fico tão feliz. E não acabou a frase, fico tão feliz, e ficou ali me olhando, como se esperasse algo de mim, alguma resposta, não sei.

Na foto o rosto de Karen parece uma máscara suspensa entre nós. Um rosto irreal, como se, numa montagem, alguém o houvesse colocado ali. Karen. Você usava aquele teu chapéu-panamá, eu me lembro. Era a época do tal chapéu. Quanto tempo durou, dois, três anos? Você não ia a lugar nenhum sem ele, quando alguém comentava você dizia que era superstição, que sem o chapéu se sentia desprotegido, frágil. E com a sensação de que você não era você. Inventou umas teorias psicanalíticas mirabolantes, coisa e tal. Eu poderia te dizer agora, Alex, muitos já pensaram e fizeram isso antes de você, você sabia? A tua marca registrada não passava de uma imitação barata, fora de contexto, fora de época. Quantos artistas já não haviam se apegado a um chapéu? Essa tua falta de originalidade. Mas Karen não sabia, Karen não entendia nada de arte. Ela achava muito original aquele chapéu, ela olhava com devoção para você, a honra de poder pisar naquele lugar sagrado que era o teu ateliê. Eu não sabia muito bem o que sentir em relação a ela. Desde a primeira vez. Não sabia se a beijava, se a punha no colo ou se a mandava embora aos gritos. Eu não sabia se deveria amá-la ou odiá-la. E talvez eu nunca tenha achado uma resposta. Até o final.

Longo silêncio. Interrupção.

GRAVAÇÃO 8

Hoje passei a manhã inteira procurando meus pincéis. Trouxe alguns, e também tintas e ferramentas, o suficiente para trabalhar algumas semanas. Na verdade, não tenho feito nada. Até aquele trabalho das esculturas deixei de lado. Não tenho mais vontade de continuar. Hoje acordei pensando em algo novo e, quando fui pegar a caixa com os pincéis, não achei. Talvez eu nem tenha trazido, não sei. Mas às vezes é assim, a gente perde as coisas pelo prazer de encontrá-las depois. Os pequenos prazeres que a nossa mente constrói. Ou a gente perde as coisas porque não tem coragem de dizer não, de desistir. E põe a culpa em qualquer outra coisa, na memória, ou no esquecimento. Mas eu ia falar de outro assunto. (*pausa*) De Karen, do que mais seria? É estranho, mas, quanto mais o tempo passa, mais presente ela vai se fazendo. A morte. No início é como se a morte fosse uma brincadeira de mau gosto, apenas isso, um susto que alguém te deu, uma espécie de "buh", por alguns instantes um desconcerto, o coração batendo forte, mas logo em seguida recuperamos o ritmo e continuamos andando. Pensando nas compras de supermercado, na roupa na lavanderia, no carro que ainda está no mecânico. Somente depois, quando o tempo passa, é que a morte vai tomando corpo. É isso. A morte vai tomando corpo. Como uma escultura. No início apenas uma ideia, um pensamento ainda vago. Depois a escolha do material, que é sempre uma exigência da própria ideia, tempos pensando nisso. A aproximação. Lenta. Talvez uma certa reverência. E depois, finalmente, as primeiras formas. O tato. Ao tocar uma pedra, é possível sentir o encanto que há dentro dela. Gosto da ideia de que a escultura já está pronta, dentro da pedra, dentro do barro, e a gente apenas a encontra. Assim como a morte, também já está pronta, desde o início seu formato definitivo dentro do barro, e a gente só a encontra. Mas posso te ouvir neste momento rindo das minhas palavras, dizendo que não, me dizendo, Érika, quando você vai deixar de ser ingênua? Ingenuidade, teorias ultrapassadas, eu sei. Eu sei. Mesmo assim, gosto de pensar que dentro da pedra já está a morte, e na vida apenas a esculpimos, até encontrar o seu formato único, aquele que nos aguardava, adormecido numa casa protetora, um casulo. A morte talvez seja apenas isso, algo que espera pacientemente, dentro de um bloco de barro, de mármore, de pedra, que no decorrer da vida, com nossos instrumentos e nossas armas, nos aproximemos.

Barulho de chaves, uma porta se abrindo, vozes. Não é possível entender o que dizem.

Está ouvindo? Devem ser Vanessa e Bruno que acabam de chegar. Provavelmente vão bater na porta do quarto para saber como estou. Eles acham que eu não estou bem, ou ao menos esperam que eu não esteja bem. Na realidade estou ótima. Acho que isso os incomoda.

Som de batidas na porta. Uma voz feminina, aguda e melodiosa, em tom indagativo: Érika, darling, você está aí? Barulho de algum objeto sendo colocado sobre a mesa. Voz de Érika: Estou aqui, sim. Mais batidas, desta vez mais leves. Voz feminina: Posso entrar? Voz de Érika: Entra. Percebe-se esforço para não deixar transparecer o incômodo. Uma porta se abrindo. Voz feminina em tom excessivamente carinhoso: Érika, darling, você já comeu? Você tem que comer alguma coisa, olha, fomos jantar naquele restaurante que você gosta, aquele da matriarca com os filhos, trouxemos um peixe para você. (pequena pausa) Se arruma e vem comer o teu peixe, vou abrir um vinho para a gente. Ruído de passos se aproximando. Voz masculina em falsete: Érika, darling, trouxemos um doggy bag para você. Risos. Voz feminina: Já disse isso a ela, pensei que podíamos abrir um vinho, o que você acha? Voz de Érika: Ótima ideia. Voz masculina: Vamos, Érika, tua ração vai esfriar. Risos. Silêncio por alguns segundos. Voz de Érika: Já vou, vou tomar um banho antes, estive trabalhando naquelas esculturas, estou imunda. Voz feminina: Claro, meu bem, te esperamos na sala. Voz masculina: Não demore que o serviço de quarto tem hora para fechar. Murmúrios incompreensíveis. Risos. Uma porta se fechando. Silêncio. Voz baixa, muito próxima ao gravador: Bruno e Vanessa Dreifuss. Às vezes eu até gosto deles.

Sempre gostei de olhar para Vanessa. Aquele seu jeito afetado me incomodava no início, agora não mais, gosto de olhar para ela, vê-la passar, sempre com pressa, a qualquer hora do dia ou da noite. O corpo esguio, ágil, nem aparenta a idade que tem, os longos cabelos ruivos, encaracolados, presos num coque, alguns fios displicentemente soltos. As roupas elegantes, quase sempre um tailleur, os sapatos de salto altíssimo, a echarpe sobre os ombros, um cigarro entre os dedos cheios de anéis. Vanessa é uma dessas últimas pessoas que ainda insistem em fumar. O rosto bonito, apesar dos olhos pequenos, um olhar atento, óculos de grau, uma armação preta, pesada. Vanessa Dreifuss. Ela sempre adorou o teu trabalho. Lembro do entusiasmo com que ela falava, você, o nome que estaria em todos os museus, todas as galerias, o nome que todos vão querer pronunciar, uma questão de tempo. Vanessa te achou charmoso, palavras dela, ela me disse um dia, desde a primeira vez. Depois aprendeu a gostar de mim, do meu trabalho, também palavras dela. Ou seja, por você foi amor à primeira vista, já, de mim, ela aprendeu a gostar. Uma vez, sabe como ela é quando bebe, uma vez, depois de algumas garrafas de vinho, ela disse, Érika, darling, eu sei que sem você o nosso Alex não existiria. E sorriu, enigmática. Mais uma taça, e ela continuou, não é preciso ser muito perspicaz para compreender que, se você quer ter um, terá necessariamente que amar o outro. E pôs a mão fina sobre o meu braço. Vanessa Dreifuss. E reservou um espaço para o meu trabalho em sua galeria.

Silêncio.

Sabe que aquele momento, aquela frase ficou marcada na minha memória. A frase de Vanessa. Na realidade não tanto a frase, mas a sua mão sobre o meu braço. Os seus anéis. Sempre tive fascinação pelos anéis de Vanessa. Especialmente um, de ouro. Uma cobra se enroscando no seu dedo, uma naja, acho. No lugar dos olhos duas pequeníssimas esmeraldas. A primeira vez que o vi, achei estranho, de mau gosto, como se não combinasse com aquela mulher sempre tão elegante, tão impecável. Parecia que aquele anel destoava, ou que revelava alguma coisa. Depois mudei de ideia, não, o anel não destoava, o anel que, se usado por qualquer outra pessoa pareceria de mau gosto, ridículo até, na mão de Vanessa tornava-se uma exigência, quase um enigma. Eu sempre olhava atentamente para aquele anel, a cobra olhava com furor o mundo com seus olhos de esmeraldas, e estendia uma estranha língua dourada. Um dia, durante um jantar na casa dos Dreifuss, virei-me para Vanessa e perguntei do anel, disse que gostava dele, quis saber onde tinha comprado, na Índia, perguntei. Ela me olhou quase com desprezo, um tom seco, tão raro vindo dela. Disse apenas que não, comprara na Grécia. E afastou-se como se eu tivesse cometido alguma gafe indesculpável. Aquilo, de alguma forma, me incomodou. Não sei. Nunca mais perguntei nada sobre o anel. E quase o esquecera, até que um dia o vi, exatamente aquele mesmo anel, no dedo da tua *Mulher com naja*. Aliás, esse título, bem que você poderia ter pensado em algo mais criativo. Eu poderia fazer o velho comentário, sabe quantas pessoas já brindaram o mundo com uma mulher com naja? (*Érika ri*) Mas, bom, não falávamos disso, falávamos do anel de Vanessa. Na época não te disse nada, mas fiquei furiosa. Lembro que destruí a escultura que estava fazendo. Como se, ao destruir minha escultura, pudesse destruir algo teu. Lembro que liguei para Karen. Mais melodiosa do que costumava ser. Ela respondeu feliz, surpresa do outro lado da linha. Pensei em falar do anel...

Batidas na porta. Voz feminina: Érika, darling, você já está pronta? Estamos te esperando. Ruído não identificável. Passos. Voz de Érika: Sim, já estou indo. Voz feminina: Estamos te esperando, você sabe como Bruno é impaciente. Passos.

Vanessa é insistente quando bebe. E, como ela bebe todas as noites, a insistência tornou-se uma característica sua. Depois põe a culpa em Bruno. Foi assim também quando Karen morreu. Logo que soube da notícia, o teu telefonema, Vanessa me ligou. Disse todas aquelas coisas que as pessoas dizem. Disse também que estava de malas prontas para passar algumas semanas na casa da ilha, que é como ela costuma chamar este lugar aqui, a casa da ilha. Insistiu para que eu fosse com ela e com Bruno. No início eu disse que não, que preferia ficar onde estava, ela insistiu, que ia me fazer bem viajar, mudar de ares. Você sabe como ela é quando quer alguma coisa. Eu acabei aceitando. E agora estou aqui. Ela e Bruno me esperam para uma taça de vinho, e querem que eu coma o tal peixe. Não sei por que Vanessa me fez o convite. Também não sei por que aceitei. Mas não importa, a questão é que agora estou aqui e não tenho a menor vontade de conversar com eles. Muito menos com o insuportável do Bruno. Não sei como Vanessa o aguenta, aquele humor miserável. Ele se acha engraçado, morre de rir das próprias piadas, ele se acha espirituoso. Nenhum dos dois gostava de Karen, especialmente Bruno, como vai o animalzinho de estimação de vocês, ele costumava perguntar, lembra? Ou, Fifi já jantou? Fifi não veio com vocês hoje, por que vocês a deixaram em casa, coitadinha? Eu tinha vontade de jogar na cabeça dele a primeira coisa que encontrasse, mas você me segurava pelo braço, você ria. Você sempre achou as brincadeiras de Bruno engraçadas, ou ao menos fingia muito bem. Karen tinha verdadeiro pavor dele. Lembra que ela sempre perguntava, quando o programa incluía Vanessa, Bruno vai? Você quase sempre respondia, não sei, mesmo se soubesse. Acho que o medo que Karen sentia dele te divertia. Já eu não tinha medo, eu tinha raiva. Mas a minha raiva também te divertia. Lembro daquele jantar. Aquele em homenagem ao embaixador de não sei onde, acho que da Costa Rica, seria da Costa Rica, bom, não importa. De qualquer forma, um velho amigo dos Dreifuss. Lembro que, antes de começarmos a comer, Bruno, que já vinha bebendo desde cedo, me confessara Vanessa, trouxe um pacote de presente e entregou-o a Karen. Ela nem sorriu, agradeceu, sem jeito, eu fiquei nervosa, sabia que boa coisa não era. Eu instintivamente peguei o pacote, e pretendia levá-lo para o quarto, mas Bruno me segurou pelo braço, Érika, darling, que falta de educação, como você leva embora um presente que nem é teu, afinal Karen nem abriu o pacote ainda. Eu olhei para você, mas você sorria, como que dizendo, vamos, Érika, não seja desmancha-prazeres. Olhei para Vanessa, mas ela nunca se metia nas brincadeiras do marido, Karen me olhou apavorada. Ele insistiu, Érika, darling, assim você nos decepciona. Eu entreguei o pacote a Karen. Ela ficou ainda alguns minutos com ele no colo, como se fosse uma bomba esperando para explodir ao menor movimento. Você disse, abre logo isso, Karen, não dê tanto espaço para o teatro do Bruno. Lembro do comentário dele, do outro lado da mesa, olhando para você, sim, minha bela Karen, não permita que ninguém mais use o palco além do teu amigo, senão o que aconteceria, não é, meu caro Alex? Eu olhei para você, e você continuava sorrindo, mas eu te conheço, eu sei que no fundo você também o odiava.

Pausa.

Enfim. Lembro que Karen abriu o pacote. Você lembra? Algo aconteceu ali, nunca pude compreender o quê, exatamente. Karen abriu o pacote, e surgiu diante dela uma vasilha de prata, uma vasilha para cachorro, de prata com seu nome gravado, Karen. Bruno imediatamente se levantou e encheu a vasilha de vinho, a vasilha sobre a mesa, diante de Karen. Ficamos todos em silêncio. Até Vanessa. Até você. Karen levantou-se e saiu correndo. Eu fui atrás. Antes, peguei a vasilha com vinho e tudo e joguei longe, no meio da sala. Nem sei mais o que disse a Bruno, nada muito elogioso, claro. Mas lembro de Bruno rindo e dizendo, essas meninas não têm senso de humor. Um idiota.

Karen estava chorando no jardim. O curioso é que ela me pareceu especialmente bonita naquele momento. Abracei-a. Karen soluçava. Pareceu-me tão pequena, tão frágil. Acho que nunca havia gostado tanto dela. Eu a abraçava, acariciava seus cabelos, seu rosto. Sequei com delicadeza as lágrimas que ainda caíam. Depois, beijei várias vezes o rosto dela, e ficamos ali abraçadas. Eu sentia o seu coração bater forte, o corpo de Karen tremia, eu acariciava o seu cabelo, as suas costas, enquanto dizia algo como, não liga, Bruno é um idiota, não vale a pena ficar assim por causa dele, e continuamos abraçadas, até que eu segurei o seu rosto, afastei-me um pouco para vê-la melhor e, surpresa, percebi que, em meio às lágrimas, Karen sorria.

Batidas na porta.

GRAVAÇÃO 9

O quarto onde estou é praticamente um quarto vazio, apenas a cama de solteiro, um armário antigo e uma mesa de cabeceira. Vanessa me disse que havia preparado esse quarto assim pensando em você, em nós, depois corrigiu. Eu pendurei na parede três fotografias tuas, as que fizeram parte da última exposição. Trouxe comigo. Nem sei onde pus os meus pincéis, mas trouxe tuas fotos comigo. É aquela série, acho que sem título, na galeria você colocou logo na entrada. A primeira impressão para o público. Eu concordei. Estávamos juntos naquele dia. O dia das fotos. Quase sempre estávamos juntos. Olhando agora as tuas fotos, eu poderia fazer uma pequena retrospectiva dos últimos anos, eu sempre ao teu lado. A série que tenho aqui neste quarto. Na primeira foto, dois homens conversam, ou ao menos eu imagino que eles conversam, um de costas, com o paletó de veludo marrom, o outro de casaco preto, de perfil mas com o rosto desfocado. Aliás, a foto toda está desfocada, com exceção do paletó marrom, as costas e uma sombra que se estende pelas costas. Se estende pelo paletó. Ao fundo, a cidade e um céu claro de inverno. A segunda foto é a da árvore que se reflete no espelho, os contornos da árvore, nela a sombra de um pássaro, ou algo que poderia ser um pássaro e que se aproximou inesperadamente da câmera. Apenas o preto e o azul do céu. Uma foto estranha. Na última, folhas caindo sobre o asfalto. As folhas parecem pequenos pontos dourados. Lembro desse dia, quando você tirou essa foto. Você estava fotografando as folhas caídas no asfalto, eu estava cansadíssima, e me encostei na entrada de um prédio logo em frente. Lembro de você no meio da rua, com a câmera apontada para o chão, para aquelas folhas, as pessoas passavam fingindo que você não estava lá, até que apareceu um mendigo. Ele, sem dizer nada, simplesmente pegou as folhas e as jogou para o alto, e apontava para a tua câmera, para que você as fotografasse. Você riu e disse que não, que não tinha interesse em fotografar aquilo, mas o mendigo insistiu. Não conseguíamos entender suas palavras, mas sabíamos que ele insistia. Ele jogava as folhas para o alto, se afastava para que você pudesse fotografá-las e olhava sorrindo para você. Eu comecei a rir. Você acabou aceitando, talvez apenas para que ele te deixasse em paz. O mendigo várias vezes repetindo o gesto, e você enfim fotografando, as folhas caindo, e o mendigo extremamente feliz, provavelmente bêbado, pensei. Rimos da situação, do mendigo te dando indicações sobre o que fotografar. O mendigo incompreensível, e bêbado, e louco. Rimos o resto da tarde. Mas no fim do dia, ao revelar as fotos, você se surpreendeu, uma das minhas melhores fotos, você disse. E realmente é bonita, o asfalto, o fundo preto e as folhas, pequenos pontos dourados. Apenas nós dois sabemos que havia um mendigo ali, te olhando sorridente e apontando para a tua câmera. Uma das tantas coisas que apenas nós dois sabemos. Tempos depois, você juntou as três fotos, os homens olhavam em direção às folhas caindo, o pássaro também, tudo confluía para aquele momento e para o mendigo oculto detrás dos pontos luminosos. Uma série para a exposição. Eu as trouxe comigo. Uma das poucas coisas que coloquei na mala. E agora elas estão aqui nesta ilha, num quarto sem móveis, num quarto espaço-em-branco.

Alex, o que será de nós, agora que Karen não existe mais?

Silêncio.

É como se, junto com ela, qualquer possibilidade nossa tivesse morrido também. Como era antes, Alex? Como fazíamos? Como vivíamos nós dois sem Karen? Como vivemos, todos esses anos, toda a vida? Como acordamos, comemos, dormimos, como convivemos com a imprescindível presença um do outro? Com a nossa constância? Como pudemos viver tanto tempo, como pudemos acordar todos os dias e continuar andando como se não soubéssemos? Como pudemos sair ilesos por tantos anos? Desde sempre. Tento me lembrar, mas não consigo. É como se antes nós não existíssemos. Quem éramos nós, Alex, antes de Karen? Como fazíamos, Alex, qual foi a nossa história? Eu tento me lembrar, mas não consigo. Se pudéssemos descobrir como era, talvez pudéssemos restabelecer a antiga rotina. A rotina antes de Karen. Éramos felizes, não?

Silêncio.

Acontece que não há um caminho a seguir. Um caminho já trilhado antes de nós. Porque no fundo é isso, Alex, sentimos apenas o que nos foi dito que era possível sentir, fazemos apenas o que se vislumbra como uma possibilidade. Não há como construir nada novo. E acabamos condenados a ficar para sempre assim, imóveis. Sem poder voltar, e sem ter como seguir em frente.

Silêncio.

Antes de Karen costumávamos trabalhar juntos, agora me lembro. Assinávamos Alex e Érika Z. Lembra? E nossos nomes formavam uma única marca, um único som. Alex e Érika Z. Muitos diziam que você me carregava nas costas, você o grande artista, e eu apenas aquela que te acompanhava. Aquela que nunca seria tão talentosa, tão importante, aquela que nunca teria nada novo a dizer. Sempre. Poucos viam, naquilo nosso, algo que pudesse ser meu. Mas era, você sabia, muito ali era meu. Mesmo que depois se perdesse em meio aos teus gestos, ao charme das tuas palavras, da tua beleza, do teu olhar que a tudo e todos envolvia. Porque sempre foi assim. Por algum motivo, as pessoas nunca puderam não te amar. Como era possível não te amar? Resistir ao fascínio das tuas palavras, do teu entusiasmo, do teu abraço? Quem entenderia melhor do que eu? Mas depois, quando Karen surgiu na tua vida, e na minha também, algo mudou. E de repente não havia mais aquela necessidade. Não havia mais a necessidade dos nossos nomes como uma marca, um único som. Não havia mais a necessidade de expor e de caminhar pelas ruas como quem olha o mundo em duo, de gesticular e cantar e até beber uma taça de vinho como quem passou a vida inteira ensaiando, em duo, um único gesto. Um gesto teu. Não havia mais essa necessidade.

Silêncio.

E eu comecei a trabalhar sozinha. Era como se Karen ao mesmo tempo nos unisse e nos separasse. Talvez eu me engane, mas lembro que foi algo natural. Assim, naturalmente comecei a trabalhar sozinha. Os primeiros projetos. Foi quando passei a pensar no trabalho das esculturas. E você também parecia feliz. No início eu tinha medo. Afinal, nunca havia feito nada sem a tua parceria, sem a tua opinião. Na verdade eu não sabia, até aquele momento, eu não sabia o que ali era meu e o que era teu. Nossas ideias se misturavam. De quem havia sido a ideia? Quem a desenvolvera? Quem a vetara? Quem transformara aquele início em outra coisa? Como teria sido se você não houvesse estado ali, ao meu lado, me segurando pela mão. Eu que na vida me sentia tão segura, no trabalho parecia que as coisas só se concretizavam, só tomavam a sua forma definitiva depois que eu as pronunciava para você e recebia a tua aprovação. Então, a pergunta que eu sempre me fazia, afinal haveria ali algo que fosse meu? Algo que, se você fosse embora, continuaria ali, comigo. Eu tinha medo da resposta.

Mas houve um momento em que essa pergunta deixou de me incomodar. Karen. Desde o primeiro instante. Ela transformava algo entre nós, Alex. Logo percebemos, sem que nunca tivéssemos tocado no assunto. Nós dois. Karen nos separava e, ao mesmo tempo, tornava mais suave, mais maleável, mais possível a nossa aproximação. Lembro da primeira vez, fazia pouco tempo, talvez uma, duas semanas, que você aparecera com Karen no teu ateliê. Nós três deitados na tua cama, bebendo a terceira ou quarta garrafa da caixa de vinho que Vanessa te dera de presente. Karen deitada com a cabeça no meu colo. Eu acariciava distraidamente os seus cabelos. Nós dois conversávamos com entusiasmo, animados pelo vinho, pela música, pela presença de Karen, quieta, deitada com a cabeça no meu colo. E era estranho perceber que aquele momento era perfeito, exatamente daquela forma. Era necessário que Karen não dissesse nada, que apenas ficasse ali, imóvel, testemunha das nossas palavras, dos nossos gestos. E eu sabia naquele momento que nunca, nunca havíamos estado tão perto um do outro. Eu e você. Ali, a presença de Karen possibilitava isso, essa aproximação sempre tão desejada e tão temida. Ali, agarrados a ela, aos seus cabelos, ao seu corpo, era possível que nos aproximássemos sem nos destruirmos. Nós dois.

Silêncio.

Você se aproximou, me lembro. Você se aproximou de Karen, ela deitada com a cabeça no meu colo, por um instante você olhou para mim, você olhou para mim, fez um carinho no rosto de Karen e sorriu. Os teus dedos, as tuas mãos, Alex. Eu olhava para elas como que hipnotizada. Ainda tentamos continuar a nossa conversa. Você falava, eu respondia, mas nada daquilo tinha sentido nenhum. Eu então me calei, apenas as minhas mãos nos cabelos de Karen, e os teus dedos pelo seu rosto, descendo pelo pescoço, colo, muito suavemente. Você ainda tentou dizer alguma coisa, as frases que ficavam pela metade, como se elas se quebrassem. Eu, num gesto instintivo, pus os meus dedos sobre os lábios de Karen, como se da sua boca pudesse surgir alguma sentença, alguma palavra impronunciável. Eu acariciava com força os lábios de Karen, talvez tentasse evitar que ela dissesse alguma coisa, ou que eu dissesse alguma coisa que não deveria dizer, talvez a estivesse machucando, mas o pensamento não chegou sequer a tomar forma, eu apenas acariciava algo brusca os seus lábios e olhava fascinada os teus gestos, cada movimento teu. Tiramos nós dois muito devagar a roupa de Karen, cada peça era uma concessão, um diálogo silencioso entre nós, ela ali nua sobre a tua cama. O corpo nu de Karen. Não era um corpo perfeito, talvez nem fosse realmente bonito. Mas havia algo nele, certa delicadeza, uma suavidade. O corpo de Karen era um corpo contraditório, ao mesmo tempo que pedia para ser tocado com delicadeza, exigia no desejo do outro uma determinação inabalável, e até certa brutalidade. Era justamente essa contradição que te atraía, Alex. Que nos atraía.

Quando você tirou a roupa, com a mesma naturalidade que você usava para qualquer outra ocasião, eu estremeci. Abracei Karen pelas costas e deitei-a sobre mim, como se a usasse como escudo. Eu deitada na cama, Karen de costas, deitada sobre mim, a cabeça no meu ombro. Eu, agarrada a Karen, olhava fascinada a tua nudez. Era como se depois de muitos anos eu te visse nu pela primeira vez. E era como se eu me visse num espelho, num espelho de sonho, de pesadelo. Eu apertava Karen com força contra mim. A pele de Karen era suave, fina, a mesma pele que você tocava. A mesma textura. Muito branca, qualquer pressão a deixava avermelhada, e os nossos toques iam deixando rastros, linhas, pistas. Karen sorria, alegre, parecia não ter medo, e era estranho isso, que ela não tivesse medo. Em seu sorriso, pareceu-me vislumbrar algo que nos escapava, pareceu-me pela primeira vez que, ao contrário do que ela nos fazia acreditar, éramos nós que obedecíamos, que aqueles eram os seus desejos, as suas vontades. Você foi beijando o corpo dela. Eu sentia como se aquele corpo fosse o meu. Como se o corpo dela fosse o meu. Ou como se eu pudesse encontrar em seus gestos, em suas reações, uma pista, uma resposta. E naquela noite, por alguns instantes, eu soube exatamente quem éramos.

GRAVAÇÃO 10

Não achei os meus pincéis. Devo ter esquecido, na confusão. A verdade, porém, é que não fazem falta. Nem os pincéis, nem as ferramentas, nem qualquer outro material. Sinto apenas a necessidade deste gravador. A necessidade de ser sincera com você. A sinceridade que sempre me custou. Queria que você pudesse ouvir as coisas exatamente como elas são, os barulhos em volta, a minha voz, a entonação da minha voz, as pausas, a rapidez ou a lentidão ao respirar. Mas nós sabemos que nunca é assim. Que qualquer coisa que eu diga ou faça será sempre uma invenção, não é possível reproduzir a realidade, apenas recriá-la, você costumava dizer, você gostava disso, essas frases que você repetia para os teus alunos. Uma vez você me disse, estávamos nós e Karen, você disse, Érika, um gato nunca será um gato, um gato dormindo em cima do sofá, quando você o fotografa ou, mais fiel ainda, quando você o coloca num palco, o mesmo gato com o mesmo sofá, ele imediatamente deixa de ser o gato para tornar-se outra coisa. Karen perguntou, para tornar-se o quê? Karen era uma aluna aplicada. Você deu um sorriso e disse, para tornar-se o olhar do outro sobre o gato. Karen te olhou confusa, eu comecei a rir. Karen te olhava como se você fosse um deus proferindo alguma lei impossível de compreender porém inquestionável. Uma questão de fé. A verdade é que você sempre foi mais convincente do que eu. Mas eu nunca me importei com isso. Ao contrário, era algo que me deixava alegre. Um lugar seguro ao teu lado. Vanessa muitas vezes comentou, darling, não deve ser fácil para você. Um dia ela completou, ao menos vocês têm Karen.

Barulho de móvel sendo arrastado. Érika liga a TV, muda várias vezes de canal: diálogos de um filme, início de um comercial, segue o mesmo diálogo do filme, algumas palavras de um apresentador, ruído de um carro em alta velocidade, ruído de canal sem programação, voz do narrador de um documentário, ruído de canal sem programação, o ruído de canal sem programação mistura-se à voz quase inaudível de Érika: Ao menos nós tínhamos Karen. Nós tínhamos Karen e uma raquete de tênis e uma geladeira e um aspirador de pó e uma janela com vista para o lago e um pato de borracha e um frasco com sais de banho e um café logo na esquina e uma caneca pintada à mão e dois canários-belgas e um espelho marroquino. E tínhamos também um jogo de xícaras de porcelana e um patinete. Érika desliga a TV.

Sabe, Alex, acho que tínhamos coisas de mais.

Ontem tive um sonho estranho. Sonhei que morávamos nós dois na cratera de um vulcão. Estávamos deitados na cama como um casal de velhos, de pijama e com toucas na cabeça, iguais àquelas que vemos nos filmes antigos. Vanessa, impecável como sempre, sentada ao meu lado na beira da cama, segurava a minha mão, e me disse, darling, você não pode continuar assim. Eu perguntei, assim como, mas ela não respondeu. Apenas abriu a bolsa, tirou dali uma caixinha e da caixinha um comprimido, partiu-o ao meio com um canivete banhado a ouro que tirou do bolso do casaco, engoliu ela mesma uma metade e me ofereceu a outra, tome, isso vai te deixar mais calma. Eu perguntei, o que é isso, mas ela não respondeu, tirou do bolso do casaco uma daquelas garrafinhas de uísque e me disse, beba. Eu ainda queria perguntar o que era aquilo, mas o seu olhar era tão incisivo que eu simplesmente peguei o comprimido e engoli com a ajuda do uísque da garrafinha, que, aliás, não era uísque, era vodca. Ela sorriu e passou a mão na minha cabeça como se eu fosse uma criança. Depois me disse, eu tenho uma cicatriz na barriga, você quer ver? Eu ia dizer que não, mas ela abriu o casaco, por baixo do casaco usava um penhoar e, por baixo dele, estava nua, ela abriu o penhoar, os seios pequenos e murchos, foi a primeira coisa que eu percebi, depois a cicatriz, era uma cicatriz relativamente pequena, mas era mais escura que a pele e parecia um desenho em alto relevo. Examinei por alguns instantes a cicatriz, mas logo o meu olhar desceu para o seu sexo, vi que a virilha estava inteira depilada e tinha uma tatuagem, a princípio não soube identificar, depois vi que era uma letra, mais especificamente um ideograma. Ela perguntou, quer sentir como é? E eu fiquei sem saber se ela se referia à cicatriz ou à tatuagem. Como eu não reagia, ela insistiu, pegou a minha mão, o meu dedo indicador e colocou-o muito de leve sobre a cicatriz. Parecia que a pele havia sido costurada por alguém sem experiência. Olhei para o umbigo, era estranho, grande demais, e tinha algo dentro dele, uma espécie de pele, de carne, como um umbigo saliente dentro do umbigo. Tive nojo. Pus novamente a mão sobre a cicatriz, Vanessa segurou a minha mão com força, e, quando olhei para o seu rosto, ela estava chorando.

Acordei assustada. Um mal-estar. As últimas noites têm sido assim, estranhas. Tenho pesadelos quase sempre. Outro dia, a lua estava cheia, uma lua enorme sobre a ilha. Não consigo parar de pensar que isto é uma ilha no meio do oceano, já te falei disso. Então havia aquela lua enorme, e no meio da noite eu não conseguia dormir, me revirava na cama. De repente ouvi uns barulhos estranhos, pareceu-me o relinchar de cavalos, ou algo do tipo, depois pensei que aqui não há cavalos. Talvez fossem os dromedários. Mas os dromedários não relincham, fiquei na dúvida. Não sei o que era, mas eram gritos de animal, como uivos ou relinchos. Na realidade eram gritos de vários, vários animais. Senti medo. Acendi a luz. Como quando criança, quando eu tinha medo do escuro e acendia a luz, eu tinha medo dos fantasmas que moravam embaixo da cama. Karen também tinha, falávamos com frequência sobre isso, ela me disse, um dia olhei, me pendurei de cabeça para baixo e olhei, para ver se havia mesmo os tais fantasmas, e você descobriu que não havia nada, eu completei, ela sorriu e disse, não, eu descobri que era verdade, que os fantasmas estavam lá. E sorriu com aquele jeito infantil dela.

Pausa. Voz de Érika: Olha só o que eu achei, nos CDs de Vanessa e Bruno. A trilha sonora para os meus pesadelos. Ouve-se uma série de notas dissonantes. Voz de Érika tentando acompanhá-las, porém sem conseguir. Érika ri. Som dos sapatos de Érika no assoalho. Barulho de vozes ao longe, não é possível entender o que dizem. Interrupção. Longo silêncio.

Karen era apaixonada por você. Você sabe. Uma vez fomos as duas ao teatro, você não podia ir com a gente, um compromisso de trabalho, iria com Vanessa à galeria, ver os espaços, preparar a exposição. Você parecia inquieto. Depois você e Vanessa iriam jantar com o executivo de um banco, um tal de Gregor. Karen e eu fomos então ver a peça. Karen adorou, eu achei uma bobagem mas não disse nada. Não queria tirar o entusiasmo de Karen, podia vê-lo em seu rosto que se iluminava. Acho que era isso que eu tanto gostava nela, aquela capacidade de gostar das coisas, aquele brilho que surgia nos momentos mais inesperados. Você também gostava.

Quando saímos do teatro, resolvemos ir comer alguma coisa. Karen tinha lido sobre um restaurante recém-inaugurado, um chef famoso, especializado em comida desconstrutivista, ou algo parecido. Ela que adorava cozinhar e sabia tudo sobre o assunto. Eu que nem um reles sanduíche sei fazer direito. Vou sentir falta dos jantares que Karen preparava. (*silêncio*) Enfim, era longe, mas concordei em dirigir até lá. Chegamos, o lugar era lindo. E havia um jardim com uma iluminação belíssima. Mas, logo que entramos no restaurante, senti a mão de Karen segurando a minha com força, sua mão estava gelada, ela tremia. Foi quando eu vi o que Karen tinha visto. Nós duas da mesma perspectiva. Numa mesa mais afastada estava você acompanhado de uma mulher muito bonita, não, não era Vanessa, era uma mulher jovem, imagino que uma aluna tua. Ou uma admiradora, talvez. Linda. Longos cabelos ruivos, os olhos azuis parecendo dois cristais. Parece idiota dizer isso, essa imagem, dois cristais, mas foi o que pensei naquele instante. Karen não parava de tremer. Tentava me dizer alguma coisa, mas a voz se perdia antes que a palavra chegasse a se formar. Eu a abracei e a levei para fora. Ela chorava. Olhei para ela, o seu rosto parecia deformado, o rímel preto escorrendo pela face, como uma aquarela. Sim, Karen lembrava uma aquarela sobre a qual houvessem jogado água. Ela se agarrou a mim com força, sempre chorando, um choro que começou baixinho e foi ficando cada vez mais forte, mais alto, seu corpo todo soluçava. O frágil corpo de Karen. Pensei que ela fosse desmontar. Segurei-a com força, que se amparasse em mim, fomos lentamente caminhando até o carro, abri a porta, ajudei-a a sentar-se, cobri seus ombros com uma echarpe que eu tinha no banco de trás. Ajeitei o seu cabelo, que grudava no rosto, beijei-lhe a testa várias vezes, como se faz com uma criança. Fechei a porta e corri para o outro lado do carro. Como se durante aquele pequeno trajeto ela pudesse desmontar, sumir, desaparecer. Não sei. Eu tinha medo. Entrei no carro, ajudei-a a afivelar o cinto, e lembro que disse apenas: vamos sair daqui. No percurso até a minha casa não dissemos nada. Karen estava em silêncio, e eu não quis olhar para ver se ela estava chorando. Devia estar. Eu pensava apenas que tinha que tirá-la o mais rápido possível dali, de perto de você e da mulher com os olhos de vidro ao teu lado. Quando chegamos em casa, senti um certo alívio, mas também uma certa apreensão pelo que estava por vir, medo de não saber lidar com o sofrimento de Karen. Ajudei-a a descer do carro e fui amparando-a até o elevador. Ambas em silêncio. Ao abrir a porta do apartamento, percebi com surpresa que a minha mão também tremia. Coloquei Karen na minha cama, cobri-a com um edredom e fiquei ali ao seu lado, ela com a cabeça no meu colo, sem parar de chorar, o corpo que parecia ter diminuído de tamanho, soluçando. Acariciei mecanicamente os seus cabelos, disse mecanicamente algumas palavras de consolo. Ela repetia a mesma frase, no início incompreensível, depois cada vez mais alto, ele não podia ter feito isso com a gente, era o que Karen dizia sem parar, ele não podia ter feito isso com a gente. Eu tentava acalmá-la, sentindo-me incomodada por ela me incluir naquela dor. Eu dizia, esquece isso, Karen, esquece isso, não vale a pena você sofrer desse jeito, Alex é assim mesmo, não vale a pena. Ela parecia não me escutar, continuava com a ladainha, ele não podia ter feito isso com a gente, não podia. E eu, que estava ali com a intenção de consolá-la, comecei a sentir raiva dela, tive vontade de pegá-la com força e sacudi-la, ou dar-lhe uns tapas, como nos filmes, quando a mulher fica histérica, tive vontade de sacudi-la e dar-lhe uns tapas para ver se ela voltava ao normal. Mas não fiz nada disso, continuei acariciando-lhe os cabelos, o rosto e dizendo frases do tipo, não pensa mais nisso, vai passar. Mas não passou. Karen continuou ali chorando, eu tentei lhe dar um calmante, mas ela se recusou a tomar. Na hora pensei, não vou suportar. Não vou suportar o sofrimento de Karen, aquela entrega. Levantei-me da cama, fui até a cozinha e diluí num copo com suco de laranja e muito açúcar um comprimido do calmante mais forte que eu tinha. Mandei Karen beber aquilo, é suco de laranja com açúcar, açúcar é bom, acalma. Karen pegou o copo, as mãos trêmulas, bebe tudo, eu disse, vai te ajudar. Açúcar acalma. Ela bebeu. Levei o copo para a cozinha, voltei para o quarto e fiquei ali, sua cabeça no meu colo, esperando que o remédio fizesse efeito.

Quando Karen finalmente dormiu, eu ajeitei sua cabeça sobre os travesseiros, tirei-lhe os sapatos, as meias, o vestido. Sim, Karen era linda, eu pensei, como você podia ter feito isso com ela? Passei muito de leve os dedos pelo seu rosto. Cobri-a com o edredom, deitei-me ao seu lado, o meu rosto de frente para o dela, muito perto, a sua respiração. Fiquei naquela posição por um longo tempo, agora me sentindo melhor. Agora que Karen estava e ao mesmo tempo não estava mais lá.

Ouve-se a música anterior. Voz de Érika: Não, Alex, não quero mais ouvir trilha sonora de pesadelo. Érika troca o CD. Pausa. Ouve-se um tango. A voz de Érika acompanha a letra. O tango acaba. Érika continua cantando. Primeiro com entusiasmo, depois a voz vai ficando reticente, quebrada. Após alguns minutos a melodia já quase não existe, apenas a voz de Érika balbuciando algumas palavras, quase todas ininteligíveis. Silêncio. Depois, ouve-se novamente a mesma música. Érika, porém, em vez de acompanhar a letra, diz em voz muito baixa: Sabe o que eu percebi, Alex, eu percebi que eu também estava sofrendo, só não sabia dizer por quê, não sabia dizer por quê, talvez o rosto de Karen diante de mim, como um espelho, como um... Érika continua falando, mas já não é possível entender o que ela diz.

GRAVAÇÃO 11

Karen ficou quase a semana inteira dormindo lá em casa. Eu continuei dando a ela toda noite um comprimido num copo de suco de laranja com açúcar. Para acalmar. Eu nunca te disse nada sobre o que aconteceu naquela semana. Karen me pediu que não te contasse. Ela não queria que você a visse daquele jeito. Foi o que eu disse a ela, não vai adiantar nada você fazer escândalo, Alex não gosta disso, você sabe. O melhor é você ficar aqui comigo, eu cuido de você até tudo isso passar. Karen me olhou agradecida. Depois de alguns dias parecia melhor, nem reclamava do suco de laranja que eu lhe dava toda noite. Eu passava as noites ao seu lado. O corpo totalmente entregue, um sono sem sonhos, sem lembranças. No final da semana eu acordei inquieta, olhei para Karen, que ainda dormia na minha cama. Tive raiva de mim mesma. Por que eu fazia aquilo?

Naquele mesmo dia, antes mesmo do café, eu disse, Karen, está na hora de você voltar para a sua casa e, principalmente, está na hora de você voltar para a sua vida. Você não pode ficar aqui para sempre. Nem pode ficar o resto da vida sofrendo por uma bobagem. Ela me olhou como se eu tivesse dito a coisa mais horrível do mundo. Imediatamente seus olhos se encheram de lágrimas. Antes que o choro começasse, eu disse, Karen, eu não quero te magoar, mas você sabe, não adianta se esconder dos problemas. Karen se pôs a chorar. Ela me pareceu tão frágil, tão desamparada. Mas por algum motivo não consegui sentir pena.

Eu nunca te contei sobre aquela semana com Karen. A gente se viu quase todos os dias, você queria que eu te ajudasse com a videoinstalação, mas eu nunca te contei. Lembro que você até perguntou, você sabe alguma coisa da Karen, ela te procurou? Eu disse, sem dar muita importância ao assunto, que Karen tinha viajado com a mãe. Você sorriu, sarcástico, com a mãe, é? Eu confirmei com a cabeça. Coitada. Foi o teu único comentário, e você não perguntou mais. Estava preocupado demais com a exposição, queriam colocar logo na entrada as polaroides que você tirou no México, aquilo estragaria todo o teu trabalho, você insistia, Vanessa tentava te convencer, o executivo do banco tentava te convencer, eu preferia ficar em silêncio. Eu achava que você tinha razão. Você sempre tinha razão. Nunca te perguntei quem era a tal mulher de olhos azuis do restaurante. Aliás, nunca me interessei realmente pelas mulheres com quem você saía. Apenas por Karen. Mas não foi um interesse real. Ou talvez tenha sido. Afinal, qual é a diferença? Você esqueceu Karen aquela semana. Eu também a esqueci, durante o dia no meu apartamento. Ela parecia uma criança. Ela me irritava. Aquele lado infantil que ela mostrava de vez em quando, e que tanto me atraía, te atraía, naquela semana começou a me incomodar. Uma criança doente que ficou em casa em vez de ir para o colégio. Mesmo assim demorei a mandá-la embora, mesmo assim não te disse que ela estava comigo, dormindo na minha cama, assistindo TV à tarde. Eu passava na padaria antes de ir para casa, comprava doces, biscoitos, chocolates, refrigerantes. Comprava um monte de porcarias, por algum motivo imaginava que era um mimo. Karen comia o tempo todo. Eu disse, Karen, assim você vai engordar. Ela me olhou sorrindo, como se não entendesse o que eu dizia. Eu dizia, Karen, assim você vai engordar, mas não deixava de trazer-lhe doces. Tirei a televisão da sala e levei para o quarto. Comprei uns DVDs para ela assistir. Filmes antigos, clássicos. Passei a semana inteira te ajudando com a exposição. Não disse a Karen que havia estado com você todos os dias. Ela também não perguntou. Parecia desconectada do mundo. Melhor assim. No domingo eu me cansei. Me cansei da presença etérea de Karen. Ajudei-a a tomar um banho, coloquei-a na banheira, eu mesma lavei o seu cabelo. Emprestei-lhe uma roupa. Pronto, agora é hora de você ir para casa, continuar a sua vida.

Karen obedeceu. Foi para casa. Estranhamente nunca mais tocamos no assunto. Na cena do restaurante, naquela semana lá em casa. Alguns dias depois, Karen ligou, normalmente, como se nada tivesse acontecido, me trouxe um vaso de orquídeas, e voltamos à nossa antiga rotina. Na tua casa, quando nos encontramos todos pela primeira vez depois do ocorrido, ela não disse nada, estava carinhosa com você, como sempre, nem parecia que poucos dias antes te amaldiçoara de todas as formas possíveis, se escondera arrasada debaixo do edredom, devorara quilos de amendoim com chocolate e assistira vinte vezes o mesmo DVD. Nem parecia que a mulher no restaurante havia lhe causado tanto sofrimento, tanto desespero. Nada. A mesma voz suave, alegre de sempre. Foi quando eu pensei, pela primeira vez pensei, qual era o objetivo de Karen com tudo aquilo? Afinal, para onde fora todo aquele sofrimento? Teria ela realmente existido sob o meu edredom naquela semana, o que teriam significado todas aquelas lágrimas? Eu a olhava intrigada. Karen te abraçava. Eu me aproximei. No mesmo instante ela se desvencilhou de você e me abraçou. Disse no meu ouvido, estou tão feliz, Érika. E pareceu-me que ia dizer mais alguma coisa, mas não disse nada. Me deu um beijo e foi até a cozinha buscar algo para beber.

Pausa. Barulho dos passos de Érika. Gaveta sendo aberta, ruído não identificável, gaveta sendo fechada. Passos novamente. Voz de Érika: Queria que você ouvisse isto aqui. Aparelho de som sendo ligado. Voz do locutor. Ruído de passos. Ruído de interferência. Ouve-se o locutor falando, a fala, porém, é a todo momento interrompida por um som agudo. Não é possível compreender o que o locutor diz. A voz de Érika se sobrepõe à do locutor e ao barulho da interferência: Sabe o que eu descobri? Por algum motivo, se coloco o rádio aqui e me afasto, surge uma interferência, como agora, ouve. (*voz do locutor com interferência*) *Mas, se eu me aproximo.* (*passos de Érika*) *Se eu me aproximo, a interferência some. Voz do locutor perfeitamente compreensível. A voz de Érika se sobrepõe à do locutor: É como se o meu corpo fosse uma antena. Pensei que poderia usar essa ideia para algum trabalho. Érika desliga o rádio. Voz de Érika, repentinamente desanimada: Deixa pra lá. Silêncio.*

Mas foi isso, Karen pareceu-me ótima. Nunca mais tocamos no assunto. Até que, uma noite, estávamos jantando na casa de Vanessa. Vanessa como sempre monopolizava as atenções, falando sem parar, falava sobre o caso de uma moça muito bonita, de boa família, empresária bem-sucedida, dessas mulheres que parecem de plástico, inatingíveis, impecáveis. Dessas mulheres que andam envoltas numa nuvem perfumada de perfeição. Casada com um homem bem mais velho, desses velhos carecas, barrigudos, que saem de casa vestidos como se fossem jogar damas na pracinha. Um homem que ninguém imaginaria para ela. Pois é, matou o marido. Lembra dessa história? No auge de uma briga, pegou a arma que ele guardava no armário e deu um tiro nele. Não foi um tiro no ombro ou na perna, desses que algumas pessoas dão num momento de insanidade, para assustar o outro. Nem mesmo um tiro no coração. Foi um tiro no rosto. Parece que, quando ela pegou a arma, ele começou a provocá-la ainda mais, chamando-a de histérica, de mimada, ela gritava cala a boca, é o que dizem os vizinhos, parece que ela gritou cala a boca várias vezes, ele ria. Até que ela atirou. E ele realmente calou a boca. Deu-lhe um tiro no rosto. Ela, porém, imediatamente se arrependeu, ou teve um ataque de pânico, ou ficou louca, o que fosse. Fato é que, logo depois de atirar, ela se arrependeu, começou a gritar, chorar, os vizinhos dizem que ouviram gritos de meu amor, meu amor, não faz isso comigo, ou algo assim. Parece que pôs a cabeça do marido no colo, o seu rosto desfigurado, e beijou-o inúmeras vezes, esfregou os lábios na ferida aberta dele. Ele morreu na hora. Vai ver nem percebeu o que acontecera, pensava na próxima frase, na próxima exigência, na discussão, quando, sem perceber, já estava morto. Deve ser assim, a morte, até o último instante continua sendo algo inesperado. Quando a polícia chegou, ela estava lá, agarrada ao corpo, o rosto tão ensanguentado quanto o do marido, de tanto que o beijava, afagava. Vanessa contou que foram necessários três policiais para separá-la dele. No julgamento o advogado alegou insanidade momentânea, alegou que o marido a maltratava, os pais dela, os amigos confirmaram, mas ela própria se recusou a dizer qualquer palavra sobre isso. Quando lhe perguntaram em juízo se o marido a maltratava, declarou que ele havia sido o melhor homem que já existira. Bom, não sei os detalhes, mas no final alegaram insanidade, legítima defesa, sei lá, fato é que ela foi declarada inocente. Vanessa contou que lera numa revista uma reportagem sobre ela, três anos depois do acontecido, ela se recolhera por vontade própria a um convento de freiras que viviam enclausuradas. Dizia para a repórter que estar perto de Deus era a única forma de suportar a perda daquele que havia sido o grande amor da sua vida. A repórter então lhe perguntara, mas por que você o matou. Segundo a reportagem, segundo Vanessa, ela ficou alguns instantes em silêncio, o olhar perdido, e logo em seguida disse, ele era o grande amor da minha vida. O único. Pelo que disse Vanessa, não dava para saber se o fato de ele ter sido o grande amor de sua vida era o motivo do assassinato ou se ela simplesmente estava repetindo o que dissera, totalmente alheia à pergunta da repórter. Talvez as duas coisas, eu penso agora.

Bom, mas para que eu te conto tudo isso? Ah, sim, Karen. Naquela noite, quando Vanessa contou essa história, Karen não disse nada, mas me pareceu estranha. No dia seguinte me mandou uma mensagem que dizia: Acho que eu também atiraria, você não? No início não entendi a que ela se referia, depois é que me lembrei da história que Vanessa contara. Não pude deixar de sorrir. Quando nos encontramos logo depois, eu perguntei, atiraria em quem? Ela me olhou com uma expressão que eu nunca tinha visto em seu rosto, e não respondeu.

Silêncio. Érika liga o rádio. Vai mudando de estação. Para entre duas estações. Ruído. Passos de Érika juntamente com o ruído do rádio, que fica mais distante. Interferência por longo tempo, talvez um minuto. Passos de Érika. A interferência desaparece. Ouve-se apenas o ruído do rádio. Depois o rádio é desligado. Silêncio.

Lembro que uma vez você me disse, Karen é muito mais do que parece ser. Não lembro muito bem o contexto, mas lembro bem dessa tua frase. Fiquei pensando nela agora. Será que o outro é sempre assim tão misterioso? Bom, se até a gente é, por que o outro não seria? Se nem a gente sabe por que a gente faz o que faz, como saber as razões do outro? Outro dia, conversando com Vanessa, ela me disse algo muito parecido com aquela tua frase, ela disse, você e Alex nunca levaram a sério os sentimentos de Karen. Eu perguntei, como assim? Ela então começou a falar. Era de noite, e Bruno tinha ido dormir. Vanessa havia bebido bastante durante o jantar, mais do que o normal, e parecia ter se afastado um pouco daquela sua personalidade dona-de-galeria, você sabe o que eu quero dizer. Ela disse, vocês nunca a levaram a sério, ela estava lá apenas com a incumbência de gostar de vocês, esse era o seu papel. E o que há de mau nisso, eu perguntei, meio chateada, sei lá, achei o comentário dela tão sem propósito. Ela disse, vocês simplesmente não a viam, não olhavam para ela, era como se ela não existisse e vocês apenas se olhassem num espelho, ou olhassem um ao outro num espelho. Sabe quando a pessoa está fora do seu campo de visão e você só consegue vê-la através de um espelho, e ela a você. Pois é, Karen era isso, um espelho onde vocês dois se viam. E agora, Érika, agora que ela não está mais aqui, o que é que vocês vão fazer? Vão ficar se escondendo um do outro o resto da vida? Curioso em Vanessa era que, quando ela bebia, quando bebia mais do que o normal, surgia um lado extremamente cruel. Ou talvez fosse a ausência de Bruno, quando Bruno não estava ela podia assumir o papel do carrasco, não sei. Eu perguntei, afinal tive que perguntar, você quer que eu vá embora? Ela imediatamente voltou a ser ela mesma, se assustou, como se houvesse falado demais. Me abraçou com força e disse, não, claro que não, darling, nem pense nisso. Você fica aqui o tempo que quiser, aliás eu nem sei o que faria com Bruno aqui sem você, não sei como o suportaria. Por favor, meu bem, fique. Estou te pedindo. Eu não disse nada, apenas sorri. Era óbvio que Vanessa me quis aqui apenas por tua causa. Alex, o querido e maravilhoso Alex. Mas talvez ninguém entenda melhor que eu essa adoração de Vanessa por você. Você, o homem brilhante, inteligente, o grande artista. Tive um pouco de pena dela. Mas só um pouco. Afinal, como alguém não te amaria?

GRAVAÇÃO 12

Ontem eu fiz algo muito injusto. Beirando o mau-caratismo. Gravei a conversa com Vanessa e Bruno durante o jantar. Na realidade não é a primeira vez que gravo. Mas desta vez, por algum motivo, me senti culpada. Você sabe que eu raramente sinto culpa, por isso a surpresa. Por que será que algumas pessoas sentem mais culpa do que outras. Às vezes acho que há uma relação inversa entre o crime e a culpa. Quanto mais culpado você se sente, menos grave é o teu crime, talvez ele nem exista. Por outro lado, quanto menos culpa, mais criminoso você é. Bom, mas hoje eu quero que você seja meu cúmplice. (*pausa*) Espera um segundo que eu ainda tenho que ligar o computador. Me lembrei agora, outro dia fiz umas fotos, gostei muito do resultado, vou te mandar o arquivo. São fotos da casa, quase um estudo de materiais. As paredes, o piso, as janelas, as balaustradas, os azulejos dos banheiros. Os banheiros aqui parecem sempre tão limpos, há um brilho quase exagerado, um cheiro forte de desinfetante. Deve ser a senhora que vem todos os dias. Todos os dias ela desinfeta, lava e lustra o banheiro de cima a baixo. Pilar é o nome dela, já te falei da Pilar? Conversamos muito. Ela vai limpando a casa, e eu vou atrás dela. No meio da manhã tomamos café. Ela faz cada dia um bolo. Vanessa e Bruno não comem doces, você sabe, só eu. Um bolo inteiro para mim, Pilar costuma dizer que estou magra demais, comenta com Vanessa, a senhorita está muito magra, ela não come nada. Veja só, a senhorita sou eu. (*Érika ri*) Gosto de ficar na cozinha com ela, é como se eu voltasse a ser criança. Ela faz o café, o bolo, põe tudo na mesa. Ela acha estranhíssimo que eu tome café sem açúcar, todo dia comenta, vai beber assim, nem uma colherzinha de açúcar? Por isso é que você está fraquinha assim. Eu não consigo deixar de sorrir. Gosto dela. Aliás, se não fosse ela, não aguentaria o convívio com Vanessa e Bruno. Ainda que eles passem o dia inteiro fora, fazendo as caminhadas deles, e eu só os veja à noite, para o jantar. Então eu passo as manhãs conversando com Pilar. Outro dia quis tirar algumas fotos dela, mas ela não deixou, ficou furiosa comigo, eu tentei explicar que era o meu trabalho, mas ela obviamente não me levou a sério. Disse algo como, é, a sra. Vanessa diz que você é artista, mas eu nunca vi você fazer arte nenhuma, e agora vem com essa história de me fotografar vestida desse jeito, toda desarrumada, o que as pessoas iriam pensar quando vissem a foto. Disse que era falta de respeito e passou o resto da manhã sem me dirigir a palavra. Eu, para me redimir, fui até o mercado e comprei uma rosa para ela, sei que ela gosta de flores, deixei a rosa ao lado da sua bolsa, junto com um bilhete pedindo desculpas. Ela foi embora sem fazer nenhum comentário, mas levou a rosa e o bilhete. No dia seguinte, voltou a ser a mesma de sempre.

Você deve ficar pensando o que tanto eu converso com Pilar. Não sei te dizer, mas me faz bem estar com ela. É como se o mundo adquirisse novamente certa consistência, certa densidade. Pilar é uma mulher muito inteligente, não se trata apenas de intuição, mas de uma inteligência para as coisas da vida. Ela, em poucos dias trabalhando aqui, compreendeu exatamente a relação entre Bruno e Vanessa, em poucos dias olhou para mim e disse, fiz um chá de hortelã, é bom para curar males de amor. Males de amor, eu perguntei com um sorriso, ela disse, claro, você está sofrendo por amor, isso é óbvio. Eu dei uma gargalhada. Ela continuou, mas logo se vê que a senhorita é muito orgulhosa, deveria procurá-lo. Uma mulher tão bonita, um pouco magrinha demais, mas nisso a gente dá um jeito, uma mulher tão bonita aí sofrendo, por que não o procura? Eu continuei rindo. Ela foi em frente, ai, meu Deus, pra que tanto orgulho. Me serviu mais chá, me fez comer mais uma fatia de bolo, sempre falando, a cunhada dela era assim também, orgulhosa. Louca pelo seu irmão, sempre foi louca por ele, casaram, tiveram dois filhos, lindos, os dois, seus sobrinhos. Segundo Pilar, a cunhada sempre fora apaixonada pelo seu irmão, casaram, foram muito felizes, até que ela descobriu que ele tinha outra mulher, umazinha aí, foi a expressão que ela usou, em seguida, em voz baixa, como se me revelasse um segredo, você sabe como são os homens, têm outras necessidades. Eu concordei. Foi o que eu disse a ela quando ela o expulsou de casa, mas ela não quis nem saber, ficou irredutível. Pilar parecia emocionada ao recordar aquela história. Enfim, o irmão de

Pilar pediu, implorou, mas a mulher continuou ali durona. Pilar foi falar com ela, os filhos foram falar com ela, todo mundo, mas nada. Você não imagina como o meu irmão ficou, não comia, não dormia, começou a beber, o meu irmão, que sempre foi um homem tão bom, tão correto. Resumo da história, passaram-se anos até que a cunhada finalmente decidiu perdoá-lo. Ele voltou para casa, e não haviam se passado nem duas semanas da reconciliação quando ele morreu atropelado.

Érika dá uma gargalhada.

Ai, Alex, a vida é mesmo ridícula, você não acha? Quando Pilar me contou o triste fim da história, tive que fazer um esforço muito grande para ficar séria. Acabei de beber o meu chá, sem dizer nada, depois perguntei, e a tua cunhada, o que aconteceu com ela? Então Pilar me contou que, desde a morte do marido, ela vai todo dia ao cemitério, limpa o túmulo dele, põe flores, leva água, comida, e passa grande parte do dia ali junto ao morto. Eu comentei, mas deve ser muito triste, muito solitário. Pilar logo me explicou que não, que ela não era a única viúva que ia visitar o marido. Então elas se encontravam lá, conversavam, trocavam lembranças, histórias de vida. E se ajudavam, se tornavam amigas. Curioso, aquelas mulheres tinham ali o marido perfeito, obviamente eu não disse isso a Pilar, mas fiquei pensando. O marido estava sempre lá. Não ia ter amantes, não ia reclamar da comida, não ia chegar tarde em casa ou beber demais. Pedi a Pilar que me levasse lá, ela prometeu que levaria.

Mas já ia até esquecendo o que eu queria te mostrar, a gravação do jantar de ontem. Como te disse, costumo gravar o jantar todos os dias, mas o de ontem foi especial. Ouve.

Voz de Vanessa: Esperem, vamos fazer um brinde antes. A que vamos brindar? Já sei, brindemos a este lugar maravilhoso que nos acolheu tão bem. Voz de Bruno: Brindemos aos camelos. Voz de Vanessa: Bruno, por favor, alguns minutos sem a sua ironia não nos fariam mal. Voz de Érika: Por que não brindamos aos ausentes? Silêncio. Voz de Vanessa: Sim, um brinde ao nosso querido Alex, que ele faça cada vez mais sucesso. Voz de Érika: Ao Alex! Voz de Bruno: Aos ausentes. Ruídos não identificáveis, leve arrastar de uma cadeira. Voz de Vanessa: Érika, darling, como foi o seu dia hoje? Voz de Bruno: Érika está fazendo um curso intensivo com Pilar. Um curso de antropologia: cozinha e costumes autóctones. Voz de Vanessa: Bruno, por favor. Riso de Érika. Voz de Bruno: Viu, ela achou engraçado, só você é que não tem senso de humor. Voz de Vanessa, contrariada: Então, darling, como foi o seu dia? Conseguiu trabalhar? Voz de Bruno: Como é que ela vai trabalhar se não sabe nem onde deixou seus pincéis e o restante do material? Érika vai se dedicar agora única e exclusivamente à arte conceitual, ideias, apenas ideias. Ela passa o dia inspirada pelas conversas com Pilar e por aqueles programas de rádio que ela ouve. Você não entende, Érika está imersa na concepção daquilo que será uma das grandes obras da arte contemporânea. Ruído de breve arrastar de uma cadeira. Passos de Vanessa. Voz de Vanessa: Darling, você gostaria de um pouco de fleur de sel? Voz de Bruno: Fleur de sel, ai, Vanessa, como você é pernóstica. Passos de Vanessa. Voz de Vanessa: Aqui, meu bem, vai dar um sabor especial ao peixe. Silêncio. Ruído de talheres. Leve ruído de mastigação. Voz de Érika: Pilar vai me levar ao cemitério. Silêncio. Voz de Vanessa, preocupada: Mas, darling, você acha que isso vai te fazer bem? Voz de Bruno: Por que não faria? Já te disse que daí vai surgir uma grande obra, Érika já tem tudo planejado, só não quer contar pra gente, não é, darling? Voz de Vanessa, irritada: Bruno, quer fazer o favor de deixar ela mesma responder? Érika, querida, não ligue para o Bruno, você sabe como ele fica insuportável quando você lhe dá muita atenção. Mas me diga, com sinceridade, você acha que vai ser bom para você? E, afinal, de onde Pilar tirou essa ideia de te levar ao cemitério, vou falar com ela amanhã. Voz de Érika: Fui eu que pedi, Vanessa. Voz de Bruno, interrompendo: Eu não disse? Voz de Vanessa: Bruno, quer fazer o favor de parar, por favor? Silêncio. Ruído de talheres, mastigação, alguém bebendo. Voz de Érika: Não vejo nada de mais em ir ao cemitério, é como um passeio turístico, só que mais interessante. Vou tirar algumas fotos, talvez use para algum trabalho no futuro. Bruno não deixa de ter razão em suas conjecturas. Riso de Bruno. Voz de Bruno: Não disse? Érika é uma moça inteligente. Se um dia conseguir se livrar da sombra de Alex, pode vir a se tornar uma grande artista. Voz de Vanessa, preocupada: Não diga isso, Érika tem voz própria, você sabe muito bem. O trabalho dela não tem nada a ver com a obra de Alex. E ela já é uma grande artista. Gargalhada de Bruno. Voz de Bruno, zombeteiro: Ah, é mesmo? Se ela é essa grande artista, por que você não lhe dá o espaço que dá ao querido Alex na tua galeria? Voz de Vanessa: Uma coisa não tem nada a ver com a outra, cada galerista tem seu estilo, a escolha de Alex é uma escolha estética, e não uma escolha determinada pelo talento, muito menos uma escolha pessoal. Você sabe disso, não é, minha querida? Voz de Érika, muito calma: É claro que sei, Vanessa, não se preocupe, você sabe que Bruno diz isso só para te provocar. Barulho de vinho sendo servido. Voz de Bruno: Eu não disse que Érika é uma moça inteligente? O que faz com que ela mereça experimentar desta garrafa que eu tinha guardada para uma grande ocasião. Ruído de vinho sendo servido. Voz de Érika: Obrigada, Bruno, você é um lorde. Voz de Vanessa: Lorde, Bruno? (risos) Ah, darling, não me faça rir. Só se for o lorde dos elefantes dando patadas. Voz de Bruno: Não, darling, nesta ilha não há elefantes, aqui eu sou o lorde dos camelos. Voz de Érika: São dromedários. Voz de Bruno: Ótimo, então eu sugiro um brinde ao lorde dos dromedários. Alguém cospe. Voz de Vanessa, horrorizada: Bruno, você cuspiu? (pausa) Você ficou maluco! De onde tirou essa ideia de cuspir no chão? Érika ri. Voz de Bruno: Mas, darling, o que você esperava do lorde dos dromedários? Voz de Vanessa, furiosa: Bruno, não acho a menor graça nisso. Sinceramente. Por que você sempre tem que se comportar feito uma criança malcriada, não acha que está um pouco velho para isso? Voz de Bruno: Perdão, mamãe, eu fui um mau menino, castigue-me. Érika, darling, vá buscar o chicote. Érika continua rindo. Voz de Vanessa, assustada: Bruno, o que você pensa que está fazendo. Voz de Bruno: Abaixando as calças, o que mais, você não vai me castigar? Voz de Vanessa, séria: Bruno, eu realmente não estou achando graça. Érika para de rir. Voz de Vanessa, séria: Bruno, ninguém aqui está interessado em admirar o teu traseiro. Longo silêncio. Voz de Vanessa, mais calma: Enfim... façamos um brinde, que mais nos resta, um brinde a você, minha querida, ao teu trabalho, à grande artista que você é. Bruno dá uma gargalhada.

Ai, Alex, eu daria tudo para estar aí com você agora e ver a tua cara. Gravei o restante do jantar, mas depois perdeu a graça, nem vale a pena você ouvir. Bruno é engraçado. Antes eu não o suportava, mas agora mudei de ideia, por algum motivo o seu jeito deixou de me incomodar. Talvez a ausência de Karen, não sei. E entendo que você o ache divertido. Mesmo quando ele é obscenamente desagradável, há alguma coisa nele de criança malcriada, como disse Vanessa. Mas daquelas crianças engraçadas, que nos obrigam a prender o riso para não incentivá-las. Mas agora penso, talvez o riso se deva não à má-criação em si, mas ao fato de que no fundo há algo de verdade no que ele diz. Talvez haja algo de verdade no que ele diz. Afinal, nós bem sabemos que Vanessa só concordou em incluir o meu trabalho na galeria dela por tua causa. Estive pensando nestes últimos tempos, talvez tudo o que eu consegui até agora tenha sido por tua causa. Desde as primeiras ideias, quem seria eu se não fossem nossas conversas, você me conduzindo pela mão. Sempre que penso em começar um trabalho, mesmo depois de haver me tornado independente, tenho que antes discuti-lo com você, já percebeu? Já percebeu que eu nunca fiz nada sem antes conversar com você, pedir a tua opinião. Como se uma ideia só pudesse ser boa se tivesse o teu aval. E qualquer coisa que eu faça, só me parece terminada quando você olha para mim e me diz, bela, está bom assim, está lindo, está perfeito, está pronto. Sinto falta da tua voz, quando você me chamava de bela. Você só me chamava assim quando algo te entusiasmava, e eu ficava esperando essa palavra. Lembro que uma vez, logo no começo, Karen disse, bela, vem com a gente, ou, bela, fica aqui conosco, ou alguma coisa assim. Eu me senti tão estranha, não respondi, não disse nada, como se aquilo houvesse me paralisado. Você a olhou sério. Passou os dedos pelo contorno dos seus lábios e disse sem alterar o tom da voz, mas sério, Karen, bela é apenas para mim, é algo de Érika que eu não quero dividir com ninguém. Karen ficou ali, olhando para o chão. Você ergueu o seu rosto e lhe deu um beijo. Eu não pude deixar de sorrir.

GRAVAÇÃO 13

Ontem fui ao cemitério com Pilar. Conheci a cunhada dela. Carmen. Carmen é uma dessas mulheres a quem a vida envelheceu precocemente. Pelo que Pilar comenta, deve ser bem mais nova do que parece. Talvez o sofrimento, o orgulho, como costuma dizer Pilar. Mas Carmen não me pareceu estar sofrendo. Me pareceu até bastante alegre, falante. Pilar me apresentou da seguinte forma, esta é a menina que está morando na casa da sra. Vanessa. (*Érika ri*) Viu só, a menina sou eu. Carmen logo começou a falar, me falou do falecido, vem que eu quero te mostrar o túmulo, ela o havia decorado especialmente por causa da minha visita. O túmulo era mais ou menos o que eu imaginava. Fotografias do morto usando terno e gravata, fotos do casamento deles, ela vestida de noiva, uma noiva bastante simples. Não era bonita. Aliás, me pareceu que agora era mais bonita do que na época do casamento, apesar de envelhecida, apesar do desgaste. Carmen me contou, quando nos casamos ele era apaixonadíssimo por mim, você nem imagina, esse homem era louco por mim, ela se virava para Pilar, não é, Pilar, o teu irmão não era louco por mim? Pilar confirmava sorrindo. É mesmo, ele a adorava. Carmen continuou, era um bom homem, tinha seus problemas, mas quem não tem, no fundo era um bom homem. Pilar concordava. Foi sempre um ótimo pai. Irmão exemplar, não foi, Pilar? Pilar concordou, sim, exemplar. Trabalhador. Em quase vinte anos, nunca faltou ao trabalho. Nunca, repetia Pilar. E assim continuaram as duas, Carmen tecendo uma série interminável de loas ao morto e Pilar concordando. A mesma Pilar que poucos dias antes havia me dito que a cunhada se recusara a recebê-lo durante anos, anos de ódio. E agora aquilo. O homem mais maravilhoso da face da Terra. Será que é sempre assim, a pessoa morre e, à medida que o tempo vai passando, a gente vai esquecendo as coisas ruins e só lembrando das boas? Será que depois de alguns anos a gente acaba endeusando a pessoa, como se ela nunca houvesse existido, pessoa concreta, mas apenas imagem. E imagem a gente mesmo cria, e faz dela o que bem entender. Será que com o tempo o morto vai ficando cada vez mais irreal, mais espectro, e somos obrigados a criar-lhe novas carnes, para que ele não desapareça? Talvez Pilar tivesse razão. Olha aqui, gravei o barulho do cemitério. Espera um segundo, vou abrir o arquivo no computador. (*pausa*) Pronto. Ouve.

Barulho de ventania. Pessoas falando ao longe, não é possível entender o que dizem. Passos de Érika. Voz de Érika, baixinho: Alex, aqui é o cemitério de que te falei. Ouve só. Estou falando baixinho que é para Pilar e a cunhada não perceberem, elas não iriam entender. Elas foram ajeitar as flores que eu trouxe. É de bom-tom levar flores para o morto, não? Tenho que levar flores algum dia para os meus próprios mortos, os nossos. Silêncio. Interrupção.

Alex, o que foi que fizemos com nossos mortos? Não estaremos dando atenção de mais a coisas inúteis? A arte, por exemplo? Hoje de manhã, no cemitério com Pilar e Carmen, foi o que pensei. Afinal, que mal há em viver como todo mundo? A maior parte das pessoas não vive pensando em criar "a grande obra", ou em ter "a ideia genial". (*Érika ri. Pausa*) Por que teríamos que ser diferentes? Hoje, conversando com Pilar e Carmen, não sei, havia nelas uma força que eu nunca senti em mim, uma força das coisas do mundo, do cotidiano. Eu sei o que você está pensando, você deve estar rindo e pensando que eu, como muita gente que vem morar aqui, estou me sentindo tentada a alguma espécie de volta à natureza, algo meio naïf, meio bom selvagem. Mas não é isso. Começo a achar que a vida é mesmo dessa forma, exagerada e de mau gosto, a vida é kitsch, Alex, como o cemitério hoje de manhã, aquelas fotos, os desenhos, as flores, os túmulos enfeitados, a morte também, a morte é de um mau gosto terrível. E, pela primeira vez, me parece que isso que nós, eu e você, estamos buscando, essa estética, essa linguagem, é uma grande besteira, e não tem nada a ver com as coisas do dia a dia, da vida e da morte. As coisas que realmente importam. Entende?

E, se pensarmos em Karen, fico pensando, não vai ser através de uma escultura ou de um quadro ou de uma instalação, não vai ser num museu ou numa galeria que vamos nos aproximar ou nos afastar dela. A única forma de iniciar qualquer movimento é através do mau gosto, dos clichês, das frases feitas, das cores berrantes, dos sentimentos exagerados, entende? Hoje de manhã, no cemitério, aconteceu uma coisa tão inesperada. Pela primeira vez eu chorei. Enquanto estávamos ali, Pilar e Carmen falando sem parar, contando do morto, da vida e das virtudes do morto, depois Carmen me explicando como fazia para manter o túmulo sempre limpo, brilhando, as flores que o morto preferia, aquelas que ele não suportava, ela me disse, quando o meu Fabri não gosta das flores, ou da comida, no dia seguinte está tudo espalhado no chão, não é, Pilar? Ela sempre pedia a confirmação de Pilar, talvez eu a olhasse de maneira algo incrédula. Mas, como eu dizia, elas estavam ali falando, e eu comecei a me sentir inquieta, triste, não sei, sentia-me fisicamente mal, as pernas me sustentavam com dificuldade, talvez minha pressão estivesse baixa, não sei. Comecei a me sentir mal, pedi licença e fui caminhar um pouco, mas não consegui ir muito longe, sentei num túmulo qualquer. Eu sentei num daqueles túmulos e comecei a chorar. E agora posso te dizer, por mais estranho que pareça, só então chorei a morte de Karen. (*pausa*) Havia em mim, ainda há, uma espécie de revolta. Raiva por Karen ter feito isso com a gente, por ela ter ido embora assim, de uma forma tão idiota. Havia em mim uma série de sentimentos inesperados. E era algo de um mau gosto terrível, tudo ali, eu, aquele cemitério, aquelas flores, aqueles túmulos. Aquelas duas mulheres. (*a voz de Érika fica embargada*) De um mau gosto, Alex, você nem imagina. Mas elas estavam lá. Ouvi ambas se aproximarem, Carmen dizendo, ela está chorando, e Pilar, com voz decidida, deixe-a, ela está chorando os seus próprios mortos. (*silêncio*)

Depois Pilar se aproximou e me abraçou. Ela cheirava

a sabonete. Me senti bem, acolhida. Fiquei um longo tempo ali com ela, depois deitada com a cabeça no seu colo. Ela me disse, o seu problema, senhorita, é que você não sabe nada da vida. Eu sorri. Você precisa arranjar um trabalho, algo com que se ocupar. Quem trabalha não tem tempo para pensar em bobagem, acredite em mim. Eu sorri. Apesar do que ela me dizia, o que sabia ela do meu trabalho? Eu me sentia bem. Na realidade, pouca importância tinham as suas palavras, o que importava de verdade era que ela estava ali. Sabe, tem momentos em que as palavras não servem para nada. Quando alguém morre, por exemplo. Quando alguém morre, não há nada a dizer. Por isso mesmo a gente pode dizer qualquer coisa, porque o que importa é apenas a pessoa viva ali do teu lado, te abraçando, passando a mão na tua cabeça. Pilar podia estar me dizendo alguma coisa em japonês, e, mesmo eu não entendendo nada, o efeito seria o mesmo. Há momentos em que é até melhor que o outro fale em japonês. Pilar continuou o seu discurso, aquele seu jeito brusco. E eu me senti bem. Depois de muito tempo, eu me senti bem.

Longo silêncio. Depois, ouve-se um choro muito baixo, como se houvesse a intenção de abafá-lo. Soluços, o choro aumenta. Fica cada vez mais intenso. Por longos minutos, quase um lamento. Érika assoa o nariz. O choro diminui. O choro continua, agora baixinho. Soluços. Érika assoa o nariz novamente. Voz chorosa de Érika: Pronto, acabou. Não sei por que esse ataque de sentimentalismo agora. Pausa.

Pilar me trouxe para casa, fez um chá de camomila para mim e me pôs na cama. Ela sentou na beira da minha cama, e ficamos conversando um pouco. Ela me perguntou, você perdeu um grande amor, foi isso? Eu ri. Respondi que não, que não tinha nada a ver com um grande amor. Mas você perdeu alguém muito importante, um filho? Ela me olhou, tentando encontrar em meu olhar uma resposta. Você engravidou e perdeu a criança, foi isso? Eu achei curioso que Pilar pensasse que eu havia perdido um filho. Expliquei a ela que não, que não havia perdido filho nenhum. Eu perdi, uma vez, ela disse. Contou que era muito nova, engravidou, apressaram o casamento, ela estava no sexto mês de gestação quando sentiu dores no abdômen, achou que fosse apenas uma cólica e não deu muita importância, continuou cuidando das coisas da casa, poucas horas depois as dores aumentaram e ela foi para o quarto, sentia muito frio, cobriu-se. O bebê nasceu morto, ela mesma cortou o cordão, ela me disse, com a tesourinha de cortar unhas. O bebê era mínimo, mas perfeito, tinha todos os dedos dos pés e das mãos. Ela pegou a criança, lavou-a na pia do banheiro, embrulhou-a num lençol limpo e guardou-a numa caixa de sapatos. Por uma semana ela não deixou ninguém mexer na caixa. Até que a seguraram à força e fizeram o enterro enquanto ela chorava trancada no quarto. Pilar me contou tudo isso sem lágrimas, me pareceu conformada. Isso te deixa triste, eu perguntei. Não, ela disse. Deus quis assim, foi melhor. Não é bom lutar contra as leis de Deus. Quando vamos contra a Sua vontade, abrimos uma porta para o diabo e o convidamos a entrar. Não é bom. Eu sorri. Ficamos em silêncio, as duas. Percebi que ela se preparava para ir embora. Eu não queria que ela fosse, queria mantê-la ali, ao meu lado, na beira da cama. Disse então, sabe, Pilar, eu perdi alguém, alguma coisa. Eu não sei o quê, mas sei que perdi algo muito importante. Talvez um grande amor, como você diz. Eu ainda não sei. Pilar passou o dorso da mão pelo meu rosto. Pensei em lhe explicar. Mas ela não entenderia. Nem eu mesma entendo. Eu perdi algo. E não me refiro à morte de Karen.

Silêncio. Érika assobia uma canção de ninar. Voz de Érika: Lembra? Érika continua assobiando.

Amanhã eu vou ao cemitério acender uma vela para Karen. Vou rezar um pai-nosso, uma ave-maria. É isso que as pessoas rezam para os mortos? Claro que você também não sabe. Vou colocar no túmulo de Fabricio, irmão de Pilar. Tanto faz o túmulo, você não acha? Afinal, os mortos são sempre os mesmos. Os mortos não existem mais, por isso nos acompanham em todos os lugares, e podem ser qualquer um. Vou levar uma vela branca, dessas que duram sete dias. Você acha que Karen gostaria de lírios? Engraçado, nem sei se Karen gostava de flores, nunca falamos no assunto. Ou talvez eu nunca tenha prestado atenção. A verdade, fico pensando, é que nós nunca prestamos muita atenção em Karen, você não acha? Tão ocupados estávamos conosco. Nosso trabalho, nossa vida, nossos objetivos, sempre tão mais grandiosos. Ou será o teu objetivo, já não sei mais. Agora penso, do que ela gostava, qual era a sua cor preferida, que tipo de música costumava ouvir, gostava de dançar, ia ao cinema, quais eram os filmes que a emocionavam e os que a faziam rir, gostava de comida italiana, ou preferia a tailandesa, tinha medo de escuro, tinha vontade de voar de asa-delta, fico pensando, Alex, na realidade nós não sabemos nada, apenas aquilo que nos interessou. E o que nos interessava tinha tão pouco a ver com Karen. Você dirá, o trabalho, sempre o trabalho. Como se para nós só houvesse o trabalho. A obra de arte. Será? (*Érika ri*)

Pensei em levar um cacto, desses bem pequenos. Há alguns que têm pequenas flores. Eu sempre gostei de cactos, não precisam de muitos cuidados, são fortes e podem passar meses sem água, os cactos não esperam nada de ninguém, e cuidam da própria vida, como os gatos e os dromedários. Vou levar um cacto e uma vela branca. Pensei em levar também uma foto, um cartão-postal. Poderia ser um postal desta ilha mesmo. Ou tirar eu mesma uma foto. Mas tirar uma foto de quê? Já sei, vou tirar uma foto do mar. Acho que Karen gostaria. (*pausa*) Alex, será que Karen gostava do mar?

GRAVAÇÃO 14

Ontem à noite, sonhei que eu paria um filho. Um filho-monstro. Eu paria um filho já crescido, uma criança de quatro ou cinco anos. Eu me angustiava, me sentia obrigada a amá-lo mas não conseguia. Ao contrário, sentia um ódio muito profundo por ele. No sonho, a criança, numa travessura, havia prendido alguns pássaros no meu cabelo, os pássaros se debatiam, tentando voar para longe, mas não conseguiam, acho que eram pombos, os pés enredados no meu cabelo. Eu me desesperava, o filho-monstro ria. Eu tinha vontade de castigá-lo, de espancá-lo até. Mas, ao mesmo tempo, pensava, tenho que compreendê-lo, é só uma criança. Mas alguma coisa me dizia que não era só uma criança. E havia algo aterrorizante nisso. Acordei suando frio. Passei a manhã inteira pensando nisso. Talvez eu tenha ficado impressionada com aquela história que Pilar contou outro dia, do filho que nasceu morto e que ela guardou numa caixa de sapatos, não sei.

Voz quase inaudível: Érika, estou há tempos tentando falar com você, o que está acontecendo? Você está bem? Você ainda está chateada comigo? Já falei várias vezes com Vanessa, e ela diz que está tudo ótimo, mas eu quero ouvir de você. Me liga. Vou tentar te ligar hoje à noite. Beijo. Érika ri.

Acho que essa mensagem foi a da semana passada, já nem sei. Os dias aqui parecem ao mesmo tempo longos e curtos demais. Tenho a impressão de que os dias são cheios de acontecimentos, tantos que eu quase não sou capaz de compreendê-los. Se entrelaçam formando um emaranhado impossível de desfazer. E ao mesmo tempo, quando penso nestas últimas semanas, não me lembro de nada, ou de quase nada. Como se tudo se transformasse e perdesse o seu contorno inicial. Quanto tempo faz que Karen morreu? Alguns dias, algumas semanas? Ou serão meses, anos? Quando nos falamos da última vez? Terá sido hoje de manhã, ou será que já faz mais de um ano que a gente não se fala? Não sei, mas hoje fiquei com saudade. Ouvi várias das tuas mensagens na minha secretária. Descobri que tinha perdido a última que Karen me deixou. Tentei recuperá-la, mas o servidor, ou a companhia telefônica, o que for, a havia apagado. Tive vontade de chorar. Como é possível que as coisas desapareçam assim de uma hora para outra. Como alguém me tira algo tão íntimo, tão meu? Alguma coisa deve ter acontecido com a sua voz, aquelas palavras. A minha vontade é gravar tudo, o tempo todo, para que nada mais me escape. Mas sempre algo me escapa. Tenho aqui outra mensagem tua. Só um segundo que estou procurando. Espera um pouco. Pronto.

Voz: Érika, eu sei que você está sofrendo, eu te conheço. Não adianta fingir pra mim. Não acho que ficar aí com Vanessa e Bruno vai te ajudar. Volta pra cá, eu cuido de você. Se você não quiser ir para a tua casa, pode ficar aqui no meu ateliê, trabalhamos juntos, depois saímos para beber alguma coisa, para jantar, como antigamente. Breve silêncio. Voz: Vai ser muito melhor do que se isolar aí no meio do nada. Te amo. Barulho de bip.

Eu também te amo, Alex, eu também. Quem não te amaria? Você que sempre precisou ser tão amado por todo mundo. Você que sempre fez tudo por mim. Você que faria qualquer coisa por mim. Não tem muita lógica o que estou te dizendo, não é? Uma vez Vanessa me disse, acho que vocês tinham brigado, uma daquelas brigas de vocês, se não me engano você não tinha aparecido para um almoço com não sei quem muito importante. Vanessa me ligou, eu como sempre não sabia onde você estava, ela as mesmas reclamações de sempre, quem ele pensa que é, mas ambas sabíamos qual seria o desfecho, no dia seguinte você apareceria feliz da vida, como se nada tivesse acontecido, abraçaria e beijaria Vanessa como se ela fosse a mulher mais maravilhosa do mundo, a única, e ela acabaria se rendendo aos teus encantos. Vanessa, por mais que reclamasse, nunca deixou de te apoiar, nunca perdeu aquela fascinação por você. Você podia tudo, por algum motivo ela achava que você podia tudo. Do jeito dela, ela te ama. Afinal, quem não te amaria? Uma vez Vanessa comentou, apontando para você, que já caminhava bem lá na frente, voltávamos de uma festa, acho, uma dessas festas em que você parecia se divertir muitíssimo mas depois dizia, como foi entediante, como foi desagradável, morríamos de rir os dois dos anfitriões, dos convidados. Voltávamos da festa, Vanessa comentou baixinho, está para nascer a mulher capaz de dizer não a esse homem. Eu achei engraçado ela dizer isso. Mas no dia do telefonema, quando você não apareceu, não foi isso que ela disse, no dia do telefonema ela estava furiosa, no final disse uma frase que nunca mais me saiu da cabeça, ela disse, sabe, Érika, o problema do Alex, que é o teu problema também, é que vocês não amam ninguém. Eu desliguei o telefone e fiquei pensando, na hora aquilo não fez muito sentido. Por que ela usava o plural quando estava se referindo a você, por que ela me incluía. Mas agora nesta ilha, à medida que o tempo passa e se mistura nesta ilha, eu começo a compreender. Talvez seja verdade, Alex, talvez a gente não ame ninguém.

Voz quase inaudível: Érika, estou há tempos tentando falar com você, o que está acontecendo? Você está bem? Você ainda está chateada comigo? Já falei várias vezes com Vanessa, e ela diz que está tudo ótimo, mas eu quero ouvir de você. Me liga. Vou tentar te ligar hoje à noite. Beijo. Barulho de telefone sendo desligado. Voz de Érika, muito baixa: Eu também te amo, Alex, eu também te amo. Silêncio.

Outro dia Bruno me perguntou por que eu andava com este gravador para tudo quanto é canto. Engraçado isso, Bruno é uma pessoa que, embora não pareça, observa tudo sempre, os mínimos detalhes. A gente pensa que ele não liga para nada, que de tão egocêntrico é incapaz de olhar um palmo à sua frente, mas não é verdade. Outro dia, eu estava sentada no jardim tomando sol, gravando qualquer coisa, acho que o vento e uns pássaros estranhos que eu nunca tinha ouvido. Bruno se aproximou, eu imediatamente guardei o gravador no bolso do casaco, ele riu, disse, daquele jeito zombeteiro dele, Érika, darling, não vai me dizer que você acha que eu não percebi que você anda com esse aparelhinho o tempo todo? Eu posso até me fazer de cego, mas daí a ser cego realmente é um longo caminho. Eu ri, sem jeito. Bruno de vez em quando tinha esse poder, me deixar sem jeito, bom, imagino que essa era a intenção dele. Ele quis saber o que eu pretendia com o gravador, espionar? Ele deu uma gargalhada ao perguntar isso. Expliquei que estava pensando num trabalho, numa instalação. Ele perguntou se eu faria a instalação com você, respondi que não, que faria sozinha. Ele fez cara de espanto, uma mistura de espanto e desprezo, e você acha que vai finalmente conseguir fazer alguma coisa que preste sem a parceria da tua cara-metade? Veja só, a minha cara-metade é você. (*risos*) Eu disse que ia tentar. Bruno me ofereceu uma câmera. Disse, bom, se você quer fazer algo que valha a pena, arranje uma câmera, não um gravador. As pessoas querem a imagem, darling, a imagem, não um monte de barulho sem sentido. Imagens rápidas e impactantes. Depois pensou por alguns segundos, completou, apesar de que, aqui, não sei o que você poderia achar de tão impactante. Eu agradeci, disse que preferia o gravador, que fazia parte do conceito da obra. Bruno deu uma gargalhada. Conceito da obra, desde quando o que vocês fazem tem algum conceito? Eu vou te dizer como vocês trabalham, vocês fazem qualquer coisa e depois inventam um discurso qualquer para justificar a bobagem que fizeram. E fica todo mundo muito impactado, achando aquilo tudo muito inteligente. Bando de idiotas. Dessa vez, quem riu fui eu. Por algum motivo, desde que cheguei aqui, por mais que eu queira e por mais que ele se esforce, eu não consigo mais ficar chateada com Bruno. É como se suas provocações fossem perdendo a importância. (*pausa*) Mas o que eu dizia? Ah, sim, a verdade é que eu não tinha pensado em conceito nenhum, muito menos em obra, instalação, o gravador nada mais era do que a minha necessidade de conversar com você, a gente que nunca passou mais de algumas semanas sem se falar e agora eu nem atendia os teus telefonemas, por algum motivo que eu mesma não compreendia, e ainda não compreendo, eu não conseguiria te ver, ouvir a tua voz, eu não conseguiria mais te alcançar, agora que não temos mais Karen. Mas a necessidade continuava. E eu havia trazido este aparelhinho pensando em ouvir música durante a viagem de avião, apenas isso, acaso, sem sentido, não havia intenção nenhuma por trás disso. Eu tinha o aparelho, e de certa forma queria estar perto de você, poder te mostrar a ilha, os lugares, sem ter que te mostrar realmente a ilha, sem ter que tirar fotos, te mandar postais. Nem sei ao certo por quê. Talvez eu tenha inventado tudo isso apenas para te falar de Karen, talvez eu precisasse te falar dela e não soubesse como. Quando Bruno apareceu no jardim, eu me senti invadida, acho que isso, invadida. Bruno se referia a algo que deveria ser só meu, só teu. Apenas nosso, Alex. E me veio a ideia da instalação, para que ele me deixasse em paz. Apenas isso. A verdade é que essas coisas nem passam mais pela minha cabeça, instalações, esculturas, obras. Sei que você vai ficar chateado quando ouvir isso, mas não sinto vontade. Não sei para que me serviria um trabalho desses, o que traria aos outros. Além do valor que a gente dá arbitrariamente. Acho que perdi o interesse. Talvez seja momentâneo. É possível. Outro dia pensava, talvez o significado esteja no olhar, não no objeto. Não é o que você costuma dizer? E bastaria direcionar esse olhar. A verdade é que o objeto não serve para nada. Mas não pense que estou deprimida. Ou em alguma espécie de crise existencial. Tenho acordado todos os dias relativamente bem, melhor ainda depois do dia do cemitério, apesar dos pesadelos, já te disse que venho tendo pesadelos todas as noites, durmo mal. O corpo agitado. Mas durante o dia estou bem, me sinto disposta, saio, faço minhas caminhadas, a paisagem aqui é quase sempre a mesma, a terra deserta, os vulcões, os turistas, os dromedários. E há o mar, por todos os lados. Mas eu gosto dessa monotonia, como se a monotonia exterior equilibrasse um desequilíbrio interno. Acordo cedo, tomo café da manhã, pão, manteiga, essas coisas, você acredita? Eu que com muito custo engolia um café com leite. Pilar acha que tudo se resume a eu estar magra demais. Converso com ela na mesa da cozinha, como bastante para agradá-la, Pilar cozinha bem, ontem ela fez um bolo de laranja. Um bolo feito em casa. À noite, costumo jantar com Vanessa e Bruno, eles discutem como sempre, mas eu não me importo. Por algum motivo, eu deixei de me importar com eles. Bebemos vinho. Vou dormir cedo. Eu que sempre fui de trabalhar à noite, as horas noturnas sempre foram as minhas melhores horas, as mais produtivas, as mais felizes, quando uma névoa parece que disfarça nossas imperfeições, e eu me sinto cheia de energia e de uma estranha esperança. Mas ultimamente não, desde que cheguei aqui durmo cedo, às vezes até antes das dez. Só quando eu era criança dormia antes das dez. Acordo cedo também, ou acordo no meio da noite e não consigo mais dormir. Fico andando pela casa, às vezes saio para o jardim e fico lá até amanhecer. A minha hora preferida. O meu corpo faz seus próprios horários. Como se o meu corpo estivesse se adaptando. Se adaptando a quê? Eu mesma não sei.

Voz: Érika, eu sei que você está sofrendo. Barulho de bip. Voz de Érika: Não, Alex, eu não estou sofrendo. Isso é outra coisa.

GRAVAÇÃO 15

Esqueci completamente de te contar. Logo algo tão importante. Outro dia, deve fazer uma semana, talvez mais, já não me lembro. De qualquer modo, outro dia eu estava passeando pela orla, quase não havia turistas, o tempo estava ruim, logo começaria a chover, o vento. Eu caminhava distraída, estava gravando o barulho do mar, especialmente selvagem por causa do mau tempo, as ondas altíssimas que arrebentavam no cais. Era bonito de ver. Eu queria que você ouvisse. E queria que você ouvisse o mar em diferentes pontos da costa. Na realidade, o meu plano era percorrer a pé todo o litoral da ilha, gravando as variações do mar, no final você teria um contorno acústico da ilha, talvez você até a compreendesse melhor do que eu, suas pedras e abismos e desertos. O vento oeste, as poucas praias de areia fina, que o vento trouxe do Saara, a lava dos vulcões e suas diferentes texturas. Há inclusive um tapete de lava, a última erupção, que cai diretamente no mar. Você caminha por ali e sente a temperatura elevada do solo. Dizem que a ilha inteira surgiu de uma série de erupções bastante recentes. É uma ilha jovem, a maior parte está submersa. E o mar, eu penso, a forma como as ondas chegam à terra, podem te dar pistas desse mundo invisível, revelar essa misteriosa geografia. Eu te daria o contorno da ilha, e dentro dele talvez surgisse algo que a revelasse. Poderia ser até uma instalação, chamaríamos o trabalho de *Contorno de uma ilha*. As pessoas entrariam numa cabine...

Mas não, não é isso que me interessa. Ao menos não agora. Eu te falava de outra coisa. Ah, sim, lembrei. Eu ia distraída pela orla, e nem percebi a criaturinha que vinha atrás de mim. Um cachorro, desses vira-latas. Bastante sujo, magro, uma cor acinzentada, indefinida. Uma cadelinha. Ela foi me acompanhando. Ela me escolheu, foi o que eu disse a Pilar no dia seguinte. Na realidade, eu não decidi levá-la comigo, eu apenas fui caminhando e ela atrás, o que eu poderia fazer? Achei que seria uma covardia me esconder, enganá-la, qualquer coisa do estilo. Caminhei então o mais rápido possível para ver se ela desistia, mas não, ela continuou decidida ao meu lado. Subiu nas pedras, pulou um pequeno muro, devia estar acostumada. Na volta, eu estava cansadíssima, e ela feliz atrás de mim, inabalável. Me impressionou a sua tenacidade. Chegando em casa, achei que ela não poderia entrar sem ter um nome, pensei alguns instantes e a batizei com o primeiro nome que me veio à cabeça, Lola. Ela me olhou muito séria, talvez pensando se gostava ou não do nome, ou como se analisasse profundamente as minhas intenções. Porque entrar na casa de alguém dessa maneira é sempre uma decisão sem volta. Lola me examinou com atenção, deu alguns passos e parou em frente à escada, imaginei que dessa forma ela me dava o seu aval. Eu me adiantei, abri a porta, ela entrou como se nunca tivesse morado em outro lugar. Eu fui direto para o banheiro, dei-lhe um longo banho. Ela não reclamou em momento algum, ao contrário, pareceu gostar. Depois a levei até o quarto. Peguei alguns cobertores e os coloquei embaixo da mesa para que ela se acomodasse ali, mas Lola imediatamente subiu na minha cama, dormiria aos pés da cama, decidiu. Eu não disse nada. Deixei simplesmente que ela se deitasse onde achasse melhor. Lola está aqui ao meu lado, quer ouvi-la?

Silêncio. Ouve-se uma respiração. Voz de Érika: Lola, querida, diga alguma coisa. Silêncio. Passos do animal se afastando.

Lola não late, nunca a ouvi latir. Talvez seja muda, não sei. No dia seguinte, Pilar a viu entrando comigo na cozinha. Fez cara de desagrado, um cachorro, como você pretende cuidar de um cachorro se não sabe cuidar nem de si mesma?, foi o comentário dela. Eu não respondi, tomei o meu café em silêncio. Pilar logo em seguida parece que se arrependeu, pôs uma vasilha com água e outra com comida num canto da cozinha. Lola olhou-a agradecida. Provavelmente ela sabia que, sem o apoio de Pilar, ela não teria a menor chance naquela casa. Eu também sorri agradecida. Bruno e Vanessa, os anfitriões, nem se importaram, acharam graça. Bruno, como não poderia deixar de ser, disse com malícia, quer dizer que você já arranjou uma substituta para Karen. Eu ignorei o comentário. Vanessa perguntou, você vai levá-la com você? Eu não respondi imediatamente, na realidade não tinha pensado naquilo, o que eu faria com

Lola quando fosse embora? Lola me olhou interrogativa, como se também me fizesse a mesma pergunta. Após alguns minutos, eu disse que sim, que a levaria comigo.

Dias depois fomos ao veterinário. Dr. Adrian. O dr. Adrian é cirurgião-veterinário, ao menos é o que diz a placa diante do seu consultório. Faz pouco mais de um ano, ele veio à ilha passar as férias com a mulher, apaixonou-se pelo lugar e decidiu ficar aqui, abrir um consultório na ilha. Pelo que Pilar contou, a mulher dele não se adaptou e resolveu voltar para casa. Na realidade ela descobriu que ele tinha outra, uma jovem que ele mesmo contratara como secretária e que, pelo que parece, havia sido o verdadeiro motivo para ele ter resolvido ficar aqui. A secretária, por sua vez, não muito entusiasmada com o dr. Adrian, conhecera um turista italiano, Guido, se apaixonara e fora morar com ele na Itália. Na realidade, a secretária, ao conhecer o dr. Adrian, viu nele uma possibilidade de ir embora daqui, uma vida longe, fora da ilha. Mas ele estava justamente no caminho inverso. Disso eles só se deram conta mais tarde, como é comum acontecer. Resumindo, o dr. Adrian abandonara a mulher e a vida anterior para morar com a secretária, e a secretária, pouco depois, o abandonara para morar com Guido na Itália, e agora lá estava o dr. Adrian, sem saber que caminhão o atropelara. Tudo isso eu soube por Pilar, obviamente. Pilar que desde o início funcionou como uma espécie de elo entre mim e o resto da ilha. Assim, quando eu cheguei ao consultório, o doutor era praticamente um velho conhecido. Ele, claro, sabia muito bem quem eu era. A visita dos Dreifuss. Veja só, essa sou eu, a visita dos Dreifuss. (*pausa*) E esta deve ser Lola, ele disse. Pois é, o mundo é pequeno aqui. Bom, tudo o que sabiam de mim passava por Pilar, claro, que se encarregava de espalhar as últimas notícias. O dr. Adrian me olhou com curiosidade, disse, imaginei você bem diferente. É mesmo? E como você imaginou a visita dos Dreifuss, eu perguntei. Ele sorriu sem graça, menos bonita, menos simpática, respondeu. Eu ri. Poxa, parece que a minha imagem por aí não anda das melhores. Não, não é isso, não me entenda mal, é que... e ficou sem saber o que dizer. Se concentrou então em examinar Lola. Abriu sua boca, examinou-lhe os dentes, depois os olhos, as orelhas. Apalpou-lhe a barriga. Lola nem se mexia. Eu notei que ele tinha mãos grandes, bonitas. E ali, concentrado em Lola, me parecia um homem decidido e, ao mesmo tempo, delicado. Ele deve ter tido os seus pensamentos também, já que, no final da consulta, me convidou para um café. Eu aceitei. Sentamos num desses cafés turísticos da orla. Após alguns minutos de conversa compreendi o que ele quisera dizer com menos bonita, menos simpática. Fiquei sabendo que eu havia sido abandonada no altar pelo meu noivo, e, deprimidíssima, estava agora na casa de Bruno e Vanessa me recuperando da desilusão. (*Érika dá uma gargalhada*) Veja só. Essa era a minha história. Jovem mulher abandonada no altar, ou algo parecido. Provavelmente o que Pilar andava dizendo por aí. Afinal, que mais ela poderia dizer? Pilar tinha a necessidade de juntar os pontos, construir um passado para mim, alguma coisa que explicasse a minha presença naquele lugar. Não desmenti. Na verdade, aquilo não me incomodou, de certa forma me senti aliviada. Não seria necessário dar explicações, já estava tudo muito bem explicado.

O dr. Adrian é um homem bonito, de uma beleza austera, algo rígida, os olhos porém meigos, brilhantes. Pareceu-me um homem preso por ataduras invisíveis, das quais tentava se libertar sem sucesso. Tive vontade de dizer-lhe, doutor, não adianta fugir, não adianta vir se esconder nesta ilha. Não adianta fugir. Mas preferi não dizer nada. Falamos sobre o clima, apesar do vento um clima ameno durante todo o ano, eu concordava, sim, sim, falamos sobre Lola, contei-lhe como a encontrara, ou melhor, como ela me encontrara. Ele riu. Disse que ela estava ótima, era só tratar das pulgas, das doenças da pele e logo ela estaria perfeita. Me disse que não eram raros casos como o meu, de turistas encontrarem um cachorro ou um gato na ilha e quererem levá-lo para casa. Ele costumava cuidar das vacinas, da papelada. Perguntei se os cachorros, sabendo disso, já não andavam à espreita, feito moças casadoiras, ele riu. É possível, ele disse, é possível. Depois me contou como decidira abrir um consultório aqui. Mas não se referiu à ex-mulher nem à tal secretária. Disse que era o mais novo de três irmãos. Todos homens. O mais velho era um médico-cirurgião muito famoso, o outro era químico, diretor de uma indústria farmacêutica. E ele era o único que se interessava por animais. O pai era engenheiro. A mãe morrera havia alguns anos, durante toda a vida ela tivera fortes depressões, tomava remédios que a mantinham num limbo de desinteresse. Disse que a família o considerava um fracassado. Fora sempre péssimo aluno, expulso de todos os colégios. O único que o enxergava de forma diferente era o avô materno. Ele sempre gostou de mim, não sei por quê, quando eu era pequeno me pegava no colo, me mostrava para os amigos e dizia, cheio de convicção, que eu seria um grande homem. Ele riu. Continuou falando do avô. Meu avô era mecânico de trens. Um homem muito bom, infelizmente bebia muito, mas era um homem muito carinhoso, sentimental, gostava muito de animais. Devo ter puxado a ele. Eu sorri. Lola, sentada no meu colo, o observava com interesse. Depois ele contou que o avô morreu de cirrose. Era a única pessoa da família com quem eu me identificava. Quando ele morreu, me senti extremamente só. Me senti órfão. Acho que foi a expressão que ele usou. Talvez nunca tenha me recuperado dessa morte. Eu, sem tocar no nome de Karen, contei da minha experiência no cemitério, falei de Pilar e da cunhada. Sugeri, podíamos ir um dia ao cemitério, acendemos uma vela para o teu avô, levamos uma fotografia dele, seu prato preferido, uma garrafa de aguardente, rezamos, cantamos. Ele me olhou surpreso, sem reação. Mas depois de alguns instantes abriu um sorriso, disse, eu adoraria. Não sei por que sugeri isso. Ainda mais uma visita ao cemitério. O dr. Adrian não é o tipo de homem que costuma despertar o meu interesse. Aquele seu jeito desprotegido. Mas aqui, aqui não sei, estes últimos tempos tenho me sentido estranha, diferente.

Passos se aproximam. Voz de Érika: Venha, Lola, cumprimente o tio Alex. Silêncio. Érika assobia. Silêncio. Os passos se afastam.

Fiquei pensando, será que Karen gostaria de Lola? Obviamente que sim. Karen gostaria de qualquer coisa que eu ou você arranjássemos, até mesmo de uma iguana. Diria, daquele jeito dela, ai, que fofo, ai, que meigo. Eu adorava esse "ai" dela. Parecia que até o próprio suspiro era algo inadequado. Karen tinha um jeito de quem estava o tempo todo pedindo desculpas. Karen. Aquela doçura que tanto nos atraía, no fundo era apenas um pedido de desculpas. E você, Alex, será que você vai gostar dela? De Lola. Provavelmente não. Vai dizer que eu enlouqueci. Mas vou levá-la comigo mesmo assim. Sabe, esta é a primeira vez que eu resolvo fazer algo mesmo assim. Mesmo sabendo que você não vai gostar. Eu te disse que tenho me sentido estranha. Assim que Lola apareceu, Vanessa, ao contrário do que eu imaginava, não reclamou, não disse nada em relação ao cachorro na casa dela, disse apenas, Alex já sabe? Eu respondi que não. Ela me olhou surpresa, parecia estar se divertindo com a situação. Outro dia ela perguntou se eu ia mesmo levá-la comigo, eu respondi que sim, comentei que estávamos indo ao veterinário para que ela tomasse as vacinas que faltavam. Vanessa riu. Do que você está rindo, eu perguntei. Você vai visitar o dr. Adrian outra vez? Como assim, outra vez, eu quis saber. Ela, sempre sorridente, disse, ai, Érika, se há seis meses alguém me contasse que você se entusiasmaria com esse doutorzinho, eu teria morrido de rir, teria achado uma coisa absurda, descabida. Mas agora. O que você pretende com isso, Érika? Não acha que esse homem, coitado, já teve desilusões suficientes? Eu disse a verdade, que não pretendia nada além de levar Lola para que tomasse as vacinas que faltavam. Vanessa não disse nada, apenas riu.

GRAVAÇÃO 16

Bruno e Vanessa foram embora esta manhã. Eu fiquei. É tão estranho estar aqui sem eles. Como se eles fossem a última ligação que eu tenho com o resto do mundo. Mas não é verdade, eu ainda tenho você, este gravador. Vanessa disse, Érika, darling, algum recado para o nosso Alex? Você sabe que ele está preocupadíssimo, me liga quase todo dia perguntando de você, não entende por que não quer falar com ele. Eu respondi que não havia recado nenhum, que te dissesse apenas que eu estava bem e que, quando chegasse a hora, eu mesma ia te procurar. Bruno disse, você não entende algo tão simples, Vanessa, darling, Érika tem medo do que será deles sem Karen. Não é? Eu não respondi. Nem era necessário. Mais uma vez Bruno tinha razão. Érika, darling, não liga para o que esse energúmeno diz. Bruno deu uma gargalhada, isso mesmo, darling, não liga para o que o energúmeno diz, melhor, fica aí com o teu doutorzinho de camelos. Vanessa fingiu não ouvir. Vou dizer ao Alex que você está bem mas que ainda precisa de um tempo para se recuperar. Vou dizer que você está trabalhando, ele perguntou outro dia. Eu não estou trabalhando, eu quase gritei. Os dois ficaram me olhando sem entender. Não quero que digam ao Alex que eu estou trabalhando porque eu não estou. Está bem, minha querida, então eu não digo nada. Vanessa respondeu naquele mesmo tom que usa para acalmar Bruno. Está bem, minha querida. Bruno se intrometeu novamente, é que ela não quer que o doutorzinho descubra que ela faz aquelas esculturas obscenas, imagina se ele visse a sua última exposição? Vanessa continuou ignorando-o. Alex vai me perguntar quando você volta, o que eu digo a ele? Diz que volto logo, eu disse. Volta mesmo?, ela perguntou. Eu fiz que sim com a cabeça. Bruno perguntou, ah, darling, devemos dizer a ele que você arranjou o mais nôvo anjo azul? Anjo azul é Lola, segundo o senso de humor tão peculiar de Bruno. (*Érika ri*) Não, pode deixar que eu mesma digo, eu disse, impaciente. Depois de muitas recomendações e de uma infinidade de perguntas sobre o que deveriam te dizer ou não, os dois finalmente foram embora. Eu senti uma mistura de alívio e tristeza. Era uma sensação estranha ficar sozinha nesta casa. É uma sensação estranha.

Barulho não identificável. Vento.

Agora são quase duas da manhã, e eu estou sozinha aqui. Bom, Lola está aqui comigo, mas, como te disse, ela não fala, quer dizer, não late. Nunca a ouvi latir, nem mesmo quando Bruno se aproximava para perturbá-la, puxava-a pelo rabo, dizia que as mulheres gostam que as maltratem, toda fêmea é assim, ele dizia, de vez em quando você tem que dar umas porradas para mostrar-lhes o seu lugar, e elas vivem felizes ao teu lado o resto da vida. Vanessa abria uns olhos enormes de indignação. Eu ria. De qualquer forma, com Lola foi antipatia à primeira vista. Eu me surpreenderia se fosse diferente. No fundo, Bruno ficara feliz por ter mais alguém com quem implicar. Certamente sentiria falta dela. Eu sentirei falta dos dois. Nunca pensei que diria isso, mas sentirei falta dos dois. Já te disse que ando estranha. Ontem, depois do jantar, Bruno foi dormir e eu fiquei conversando com Vanessa. Conversamos até de madrugada. E eu percebi que, pela primeira vez desde que nos conhecemos, falamos de coisas pessoais. Não apenas do trabalho e de você, mas de coisas pessoais nossas. Perguntei por que ela continuava casada com Bruno. Ela me olhou, surpresa com a pergunta, me respondeu, porque eu o amo, simples assim. Eu sorri, incrédula, disse diretamente, também pela primeira vez, pensei que o teu grande amor fosse o Alex. Não sei por que disse isso, eu nunca havia tocado nesse assunto com ela. (*pausa*) Ela me olhou condescendente, me explicou, darling, uma coisa não exclui a outra, pensei que você fosse capaz de compreender esse tipo de sentimento, especialmente você. Eu baixei o olhar, sem graça. Sim, eu era. Mas nunca pensei que Vanessa pudesse... não sei. Na realidade nós sempre achamos que somos únicos, especiais, e, quando vemos, é todo mundo igual, todo mundo ama igual, sofre igual. Não há nada que nos diferencie, Alex, nada. (*longo silêncio*) E Bruno sabe, eu perguntei. Uma pergunta ingênua, é verdade, mas eu precisava perguntar. Claro que sabe, Vanessa respondeu. E ele não se importa? Ela disse que não, que ele sabia que Alex era necessário. Alex é necessário para que eu me sinta mal, para que eu possa permanecer ao lado de Bruno. Por amor?, eu perguntei, incrédula, sim, ela disse, por amor. Naquela hora, Alex, eu me senti tão idiota. Como é possível que eu tenha percebido tão pouco? (*Érika chora. Érika chora por um longo tempo*)

Depois Vanessa perguntou de mim, de você. Ela perguntou, Érika, querida, o que você pretende fazer com tudo isso? Você sabe que pode ficar aqui o tempo que quiser, mas você acha que ficar mais tempo aqui vai te ajudar em alguma coisa? Eu não sei, respondi. Não adianta você fugir, mais cedo ou mais tarde você e Alex vão ter que enfrentar a realidade, e tomar uma decisão. Agora que Karen não está. Vocês não podem passar o resto da vida desse jeito, Érika. Eu sei, eu respondi, eu sei. A gente vai ter que tomar uma decisão, Alex, eu sei. Conversamos o resto da noite. Nunca imaginei que Vanessa compreendesse tão bem o que acontecera. Cheguei a perguntar, Alex te disse alguma coisa. Ela jurou que não, que vocês jamais haviam tocado no assunto. Vocês são muito parecidos nisso, ela disse, fingem que as coisas não estão acontecendo e acham que os outros não percebem, e, se alguém se atreve a tocar no assunto, descartam a pessoa da vida de vocês para sempre. Foi o que aconteceu com aquela mocinha, qual era mesmo o nome dela? Na hora, realmente eu não sabia de quem ela estava falando. A tal mocinha que ousou dizer a Alex algumas verdades. Eu nem sabia que isso tinha acontecido. Vanessa disse que você a expulsou do teu ateliê no meio da noite. Que você lhe deu um tapa no rosto e a expulsou. Eu duvido que você tenha feito isso. Você jamais agiria de forma tão violenta, você jamais perderia o controle. Mas foi o que Vanessa me contou. Eu disse a ela, eu não sabia. Não sabia? Vanessa riu, irônica. Então já está na hora de saber, darling.

Mas não se preocupe, eu jamais faria nada que pudesse prejudicá-lo. Ela continuou, eu preciso do Alex. Preciso da sua presença, do seu corpo, do seu cheiro, preciso vê-lo entrar na minha galeria, preciso vê-lo sorrir e me beijar sempre que eu vendo um dos seus trabalhos, preciso da sua felicidade, da sua alegria. Preciso sentir o que sinto por ele. E, se para isso for necessário fingir que não estou vendo nada, darling, então assim farei. Afinal, é o que venho fazendo esse tempo todo. Foi o que ela disse.

Som de uma cadeira sendo arrastada, passos de Érika acompanhados dos passos de Lola. Uma porta se abrindo, uma porta se fechando. Passos.

Pronto, voltei. Estava muito frio lá fora, e a coberta não estava dando conta. Mas o que eu te dizia mesmo? Ah, sim, Vanessa. Pois é, conversamos o resto da noite. Acho que pela primeira vez olhei para ela e a vi. Sabe o que eu estou começando a achar? Que passamos todos esses anos sem olhar à nossa volta. Ao menos eu. E agora, sempre que viro o rosto, me surpreendo, fico pensando, como pode ser, onde eu estava esse tempo todo? Hein, Alex, onde é que estivemos esse tempo todo?

Passos de Érika pela casa. Som de janelas sendo fechadas. Bebida sendo servida. Passos novamente. Érika suspira.

Ah, já ia me esquecendo de te contar. Semana passada, alguns dias depois da última gravação que fiz para você, encontrei o doutor novamente. Nos beijamos no cemitério. (*Érika ri*) É verdade, conforme o sugerido fomos ao cemitério fazer as honras ao avô dele. Só que não fizemos nada daquilo, nada de velas, nem fotografias, nem rezas nem cantos. Ficamos sentados no túmulo do irmão de Pilar, conversando. Eu falei de Pilar, de como gostava dela, contei o episódio do cemitério com ela e a cunhada. Mas não falei de Karen, nem de morte, muito menos de você. Conversamos como se eu nunca houvesse feito nada na vida além de morar isolada na casa de Vanessa e Bruno. Curiosamente, ele não me perguntou nada, talvez tivesse receio de trazer à tona lembranças traumáticas do meu suposto casamento não realizado, afinal para ele essa era a minha história. E sabe-se lá o que mais Pilar andara dizendo. Ou talvez ele tivesse medo de descobrir algo que ele preferia não saber. Ou talvez simplesmente ele não quisesse estragar o momento com lembranças de um amor fracassado. Seja como for, eu também não perguntei nada. Não queria estragar o momento com lembranças de um amor fracassado. (*Érika ri*) Falamos sobre Lola, que nos acompanhara e também estava ali sentada no túmulo. Ele perguntou como ela estava se comportando, como uma verdadeira lady, eu disse. Falamos sobre animais, eu perguntei, como foi a primeira vez que você teve que matar um animal? Sacrificar, ele me corrigiu. É, sacrificar. Ele pensou um pouco, parecia procurar na memória alguma imagem esquecida havia muito. Me contou que devia ter então uns catorze anos, e que estava com o irmão mais velho e outros amigos numa caçada, a primeira de que ele participava, quando viram um cavalo agonizando. O cavalo tinha quebrado uma pata, o osso exposto, já cheio de pus e de moscas. Todos ficaram ali olhando, pasmos, e ninguém fazia nada. O irmão disse, vamos chamar alguém para ajudar. O doutor, que naquela época era apenas Adrian, disse que não, que o cavalo não aguentaria, que ele estava sofrendo muito. Sem pensar duas vezes, pegou a arma do irmão, mirou entre os olhos do cavalo e atirou. Ele disse, o cavalo sabia o que estava para acontecer, jamais vou esquecer do seu olhar. O cavalo sabia que ia morrer?, eu perguntei. Sabia, ele disse. Todo animal sabe. Pensei que o que nos diferenciava dos animais era que eles não conheciam a morte. Não é verdade, os animais sabem muito bem o que é a morte, e reagem com o mesmo horror que nós, o mesmo medo. E o que você sentiu quando atirou no cavalo?, eu perguntei. Ele ficou alguns instantes em silêncio, depois disse, senti uma espécie de compaixão, por ele e por todos os cavalos, os que existiram desde o início dos tempos e os que existirão. Mas a compaixão foi só pelos cavalos? Só. Você disse, desde o início dos tempos, isso inclui os ancestrais dos cavalos então? Ele riu. Inclui. Depois ficou sério, pensativo. Eu perguntei se eu havia dito algo errado, ele imediatamente sorriu, disse que não, disse que eu tinha um efeito estranho sobre ele, desde a primeira vez que me viu. Que efeito, eu perguntei, ele disse, você faz com que eu me sinta bem, leve, você me faz sorrir. É raro isso acontecer. Mas você consegue. Eu sorri. Ele também. Ele então se aproximou e me beijou.

Nem sei por que estou te contando isso. Você vai rir, vai rir da cena toda, do cemitério, do cachorro, nós dois sentados no túmulo. Mas não importa. Nos beijamos meio sem jeito, como se fosse um primeiro beijo de adolescentes e não soubéssemos muito bem o que fazer com as mãos, com o resto do corpo. E na realidade era. Senti como se beijasse um homem pela primeira vez. Talvez, se você estivesse aqui agora, você me perguntasse, e foi bom? Eu te respondo, não sei. Não foi bom, também não foi ruim. Foi diferente. Eu me senti ligada a ele de alguma forma. Como se ali estabelecêssemos um pacto. Mesmo que apenas momentâneo. Depois do beijo, nos levantamos e saímos de mãos dadas. Lola atrás de nós. Lola ia feliz, talvez ela tivesse dúvidas quanto à minha intenção de ficar com ela e, ao me ver ali com o doutor, se sentisse mais segura dos meus sentimentos. (*pausa*) Obviamente Lola não pensou nada, mas penso eu agora. Saímos em silêncio, de mãos dadas, como um casal de namorados. Eu me sentia tímida, uma timidez desconhecida. Ele também parecia tomado por aquela timidez repentina, aquele silêncio. Me levou para casa, no portão, antes que eu entrasse, me beijou novamente. Naquele instante eu pensei, não temos pressa. Mas, depois que fechei a porta da casa, pensei, não é falta de pressa. É outra coisa.

GRAVAÇÃO 17

Tenho saído quase todos os dias com o doutor. Hoje, no café da manhã, Pilar comentou, é, parece que as coisas entre vocês estão indo bem. Pilar gosta muito dele, acha que ele será um bom marido. Já faz planos para o nosso casamento, para os filhos, hoje de manhã disse, senhorita, quando vocês casarem, eu vou trabalhar para vocês. E vou cuidar das crianças, já imaginou que filhos lindos vocês vão ter? Eu achei graça. Pilar já estava lá na frente com os planos dela. De qualquer forma, ela tem razão, as coisas estão indo bem entre nós. Em pouquíssimo tempo, já tínhamos uma rotina, eu passava no consultório por volta das seis da tarde, saíamos para dar um passeio, depois íamos jantar. Dormíamos na casa dele, e de manhã bem cedo, antes de ir para o trabalho, ele me devolvia, que Pilar me esperava muito contente com o café. Desde que começou a sair com o dr. Adrian, você parece outra pessoa. É mesmo?, eu perguntei sorrindo. Ela insistiu, outra pessoa, mais corada, mais sorridente, um brilho nos olhos. E até as roupas agora estão mais leves, mais coloridas. Vi que comprou roupas novas. Já era tempo. Foi o que ela disse. Eu ri.

Talvez Pilar tenha razão e eu pareça mesmo outra pessoa. Você deve estar se perguntando, mas o que eu e o doutor temos em comum. Acho que quase nada. O doutor é um veterinário que não entende nada de arte, nem de instalações, happenings, performances, intervenções. O doutor não sabe nada sobre as vanguardas russas, nem sobre o neoexpressionismo. O doutor não sabe diferenciar uma pintura minimalista de uma pintura abstrata, nem compreende o que separa a vanguarda do pós-modernismo. O doutor não conhece as últimas tendências, nem tem a menor ideia do que seja arte conceitual ou figurativa ou expressionista. Nunca ouviu falar dos grandes artistas contemporâneos nem nunca esteve na Documenta de Kassel ou na Bienal de Veneza. E, detalhe, o doutor não tem a menor ideia de quem você seja. O teu nome para ele não significa nada, ele nunca te viu no jornal, nunca leu uma entrevista tua, nunca te ouviu num programa de rádio, nem discutiu a tua obra com os alunos da universidade. O doutor não saberia inserir a tua obra no pensamento contemporâneo, não veria nela influências ou inovações, não entenderia o que as leituras de Heidegger ou de Wittgenstein significaram para o rumo que tomaria o teu trabalho. O doutor nunca assistiu ao documentário que fizeram sobre você.

O doutor é daqueles que, ao entrarem num museu, vão olhar tudo aquilo e dizer, qualquer criança faria isso, ou até o meu cachorro faria isso. Ele diria, até Lola faria isso. O doutor é daqueles que vão balançar a cabeça em sinal de desaprovação e dizer, meu Deus, quanta bobagem, e as pessoas pagam fortunas por esse lixo. O doutor é daqueles que dizem, eu não quero saber de arte que tenha que vir com um folheto explicativo para que eu possa entender do que se trata. O doutor é daqueles que querem olhar para a obra e entendê-la. Você entende? Ele quer entender, ou ao menos ter uma experiência estética imediata, e dizer, ah, que feio, não gostei, ou, ah, que bonito, gostaria de ter isso na parede da minha casa. Vai combinar com o meu sofá ou com a minha geladeira ou com o vestido da minha esposa. Você entende, Alex? O doutor não está interessado em revolucionar a arte contemporânea, nem em desconstruir a filosofia, ou a estética ou a história da arte. O doutor está interessado apenas em cuidar dos cachorros, dos gatos, dos camelos que aparecem no consultório dele. Aliviar o sofrimento de gatos, cachorros e camelos. E o doutor está interessado em mim. Ele quer casar comigo, ter filhos comigo, ser feliz para sempre comigo. Ele quer viver numa casa com jardim e quer uma mulher que o ame e cuide da casa e do jardim. Uma mulher sensível, capaz de adotar um cachorro que a siga pela rua. Ele quer uma mulher que sente ao seu lado e assista TV com ele sem reclamar, e ria com ele das mesmas coisas, e que não faça perguntas que ele não sabe responder. Ele quer uma mulher que lhe dê filhos e seja boa para esses filhos, ao contrário da sua mãe. A mãe que, deprimida, se enchia de remédios e não era capaz de abandonar as suas próprias sombras. Ele quer ser um bom pai, ao contrário do seu pai. Um pai que trabalhava o dia inteiro e nunca tinha tempo para a família e exigia deles coisas que eles não podiam dar. Não. Ele quer ensinar aos filhos as coisas que sabe, e vê-los crescer e se tornar pessoas de bem. Ele quer chegar em casa e sentir que existe um lugar que é dele, e uma mulher que é dele, com quem ele possa dar vazão ao desejo quando este surgir, ou simplesmente deitar a cabeça em seu colo e chorar, quando sentir vontade. Ele quer simplesmente permitir que o tempo passe, ver os filhos e depois os netos crescendo, e, quando o seu próprio tempo acabar, quer que sua família esteja ao seu lado e sofra e chore por ele, e sinta a sua falta e o visite no cemitério, e acenda velas, e cante e reze pela sua alma. E depois, quando o tempo passar mais ainda, quer que a família seja enterrada ao seu lado. E quer pensar que a sua vida não foi em vão, que ele fez coisas pelo mundo, e que houve algo que ficou. São essas coisas, Alex. Essas coisas normais. E é só isso que existe e faz sentido para o doutor. E eu acho que ele tem razão.

Eu nunca mais sonhei com o filho-monstro. Aliás, desde que conheci o doutor, deixei de ter aqueles pesadelos. À noite, durmo abraçada com ele, várias vezes acordo por alguns segundos, apenas para me certificar que ele está ali ao meu lado, e volto a dormir. Se eu me mexo demais, ele, mesmo dormindo, percebe e instintivamente me traz mais para junto de si, como se me resgatasse. Eu nunca mais sonhei com o filho-monstro. Ao contrário, pela primeira vez tenho vontade de ter filhos. Estranho, não? Eu sei, eu sei que para você é difícil acreditar. Mas por algum motivo o doutor fez com que esse desejo surgisse em mim. Uma noite, nós dois abraçados em frente à televisão, assistíamos a um seriado, um desses seriados americanos, a protagonista acabara de ter um bebê e conversava com uma amiga sobre a experiência. Ele disse, você daria uma ótima mãe. Eu fiquei surpresa. Nunca senti nada maternal em mim, ao contrário. Perguntei por que ele achava aquilo. Ele disse, está em você. Você é uma mulher tão doce. Eu dei uma gargalhada. Ele pareceu chateado com a minha reação. Peguei a mão dele, beijei-a várias vezes, expliquei que eu jamais me percebera como uma pessoa doce, não achava que a doçura estivesse entre as minhas possíveis qualidades. Ao contrário, sempre me vira como alguém distante, rude até. Ele insistiu, não, você é doce. Foi uma das primeiras coisas que pensei quando te vi. Eu sorri e lhe dei um beijo. Eu estava feliz. Perguntei se ele achava que eu seria uma boa mãe por causa de Lola, não apenas por causa de Lola, ele disse, aliás Lola cuida mais de você do que você dela. Eu ri. Ele explicou, você será uma boa mãe porque está em você, porque você é cuidadosa com quem você ama. Eu não disse nada. Você acha, Alex, você acha que eu sou assim?

Outro dia, o doutor entrou no meu quarto na casa de Bruno e Vanessa. Viu aquela foto que eu sempre levo comigo. Estava sobre a mesa de cabeceira. A foto que eu fiz de Karen, não aparece o seu rosto, apenas o corpo nu. Pertence a uma série, mas eu acho que ela funciona também por si só. Quando ele entrou no quarto, viu a foto e perguntou, é você? Eu disse que não, que era uma modelo. Por algum motivo não quis dizer que era Karen, embora ele não tenha a menor ideia da existência de Karen. Ele me olhou intrigado, uma modelo, como assim? Eu nunca havia dito nada a ele sobre o meu trabalho, sobre você. Inventei então que fizera um curso de fotografia na faculdade, daí a foto. Ele não comentou mais nada, não disse se tinha gostado, se tinha achado ruim. Sentou-se na beira da cama e disse, quando eu era criança eu gostava de fotografia, artes, essas coisas. No dia em que fiz oito anos, o meu avô me deu uma máquina, dessas automáticas, que revelam a foto na hora. Uma polaroide, eu disse. É, uma polaroide. Eu inventei de tirar fotos das pessoas, fui até a cozinha, a minha mãe estava lavando louça, ela usava um par de luvas de borracha, amarelas se não me engano. Eu entrei de surpresa e tirei uma foto dela, que pôs as mãos na frente do rosto como se eu fosse atacá-la ou algo parecido. Gritou comigo feito louca, disse que ela estava horrível, que tudo nela era horrível, e como eu podia ser tão cruel de tirar uma foto dela assim. Eu corri para o meu quarto, assustado, muito assustado, eu me lembro. O doutor dizia tudo isso deitado com a cabeça no meu colo, não olhava para mim, mas para a fotografia de Karen na mesa de cabeceira. Ele continuou, disse que, ao se fechar no quarto, pôs a foto debaixo do tapete para que as cores surgissem, e, quando a tirou de lá, já era possível ver a imagem. E compreendeu o que sua mãe dissera. A mulher da foto não era a mãe, mas uma mulher despenteada, envelhecida, sem maquiagem, o suor escorrendo pelo rosto, os cabelos grudados por causa da oleosidade, usando um vestido velho, rasgado. Tentando inutilmente esconder-se atrás daquelas luvas de borracha. Quando ele viu aquela imagem, ele compreendeu o desespero da mãe. E compreendeu que aquela mulher era outra pessoa. Alguém que ele nunca tinha visto, e que via naquela foto pela primeira vez. Ao me dizer isso, ele chorava. Aquele homem que cuidava tão bem dos cães, dos gatos e dos camelos, estava ali, deitado com a cabeça no meu colo, e chorava. Como se tivesse voltado a ser aquele menino de oito anos. Eu tive vontade de cuidar dele. De ser realmente aquilo que ele via em mim, uma mulher doce, cuidadosa com quem ama. Mas eu apenas consegui dizer, Adrian, não é culpa tua. Não é culpa tua. Ele parece que não me ouviu. Continuou, desde aquela vez nunca mais me interessei por fotografia, nem deixei que me fotografassem. Você acha que é loucura minha? Eu ri. Disse que não, claro que não é loucura tua. A fotografia tem isso, esse lado fantasmagórico. É isso mesmo, ele concordou, há algo fantasmagórico ali. Ele dizia isso olhando sempre para a fotografia de Karen, e eu me perguntava se ele se referia a Karen ou à polaroide que ele tirara da mãe. Não perguntei, em qualquer um dos casos ele teria razão.

Longa pausa.

Nunca falei nada ao doutor sobre o meu trabalho. Quando ele perguntou, eu disse que havia me formado em letras e que trabalhava como professora. Ele não questionou. Para ele, eu era uma professora que fora abandonada e que estava ali tentando se recuperar do choque. Eu nunca questionei. Na realidade começo a me sentir cada vez mais a professora e menos a artista. Nunca mais procurei os meus pincéis, nem o restante do material. Cada vez tenho menos vontade de retomar qualquer um dos meus trabalhos, os que ficaram pela metade. Não tenho vontade de pensar em soluções brilhantes para uma exposição, nem mesmo numa forma de completar aquilo que você já iniciou, um projeto teu. Me pergunto agora, Alex, não estaria eu todos esses anos vivendo uma vida que não é a minha? Uma vida que é apenas tua? Digo isso porque agora, aqui, depois da morte de Karen, eu procuro a todo custo algo que me entusiasme, que me traga de volta ao antigo vaivém de ideias e criações, e não encontro nada. Nem mesmo Karen, que me parece mais ausente a cada dia. Encontro apenas Pilar e Lola e o doutor. Posso te confessar uma coisa? Realmente, quando comecei as gravações para você, imaginei que poderia usá-las para uma instalação, um trabalho, e tudo o que eu te dizia estava permeado pela ideia de expô-lo, de transformar esta história numa obra de arte. Imaginava que as pessoas poderiam ouvi-la numa galeria, numa cabine, um lugar hermeticamente fechado para o resto do mundo. Foram esses os pensamentos que me ocorreram quando comecei as gravações. Mas, agora, essa ideia me parece tão sem sentido. É que o que te digo, com o tempo, o que gravo passa a ter um valor pessoal, um valor só meu, e que não interessa a mais ninguém. Você entende? Não, provavelmente você não entende, porque tudo o que você vive, você vive apenas para depois poder transformar, reproduzir, expor numa galeria, ou numa sala qualquer. E no teu caso talvez valha a pena, talvez o que você produz sejam mesmo obras de arte. Mas, no meu caso, não sei, cada vez mais eu duvido. Às vezes penso, cada vez com mais frequência, talvez tudo o que eu tenha feito até então não passe de um desdobramento teu, da tua ambição e da tua vontade. O que é teu e o que é meu, Alex? Muitas vezes você me disse, a arte não precisa de talentos específicos, precisa apenas de boas ideias, e isso você tem de sobra. Você costumava repetir a tal frase: a obra de arte é antes de tudo um conceito. Lembra? E eu me tornei uma artista de ideias. Ou, para ser mais exata, uma artista conceitual. (*Érika ri, há um tom de tristeza*) Eu não sei, Alex. Agora tudo me parece uma grande bobagem. Que o que importa não é ter qualquer desenhinho, figurinha, massinha exposta num museu, num livro, ou o meu nome num cartaz, mas outras coisas, coisas relacionadas com a vida e com a banalidade da vida. Sabe, Alex, eu não acredito mais em coisas grandiosas, eu não me importo mais. Sabe, Alex, eu não quero mais que a vida seja algo especial. Eu quero que a vida seja apenas o que ela é.

GRAVAÇÃO 18

Domingo fui com o doutor andar de dromedário. Nunca pensei que fosse fazer isso, eu que olhava com desconfiança os dromedários subindo a montanha, os dromedários descendo a montanha. Eu que olhava com desconfiança até os cartões-postais. Mas fui. No meio dos turistas. Os dromedários ficam em fila, e os turistas são distribuídos de acordo com o peso, se um turista for muito mais pesado que o outro, os guias compensam pendurando uns saquinhos de areia. Assim o bicho não capota, nem fica com problemas na coluna. Pois bem, montamos no dromedário, eu ganhei alguns saquinhos de areia para compensar o peso do doutor. Os dromedários todos em fila, iniciamos nosso passeio. Os bichos estavam quase no topo da montanha quando começou a chover. O tempo já não estava bom, é verdade, nuvens escuras se aproximavam, mas não pensei que nos pegariam de surpresa. Estávamos no meio do caminho, a chuva e o vento se intensificaram, eu olhei para o doutor, que sorriu. Você está linda, ele disse, eu que não tinha entendido muito bem, gritei, o quê? Ele de novo, em tom mais alto, você está linda. Eu retribuí o sorriso. Veja só, Alex, o doutor me achava linda, eu toda molhada de chuva, em cima de um dromedário fedorento. Naquela hora eu pensei, pela primeira vez seriamente, por que não? Por que não o doutor e a vida com o doutor. Eu podia ajudá-lo no consultório. Compraríamos uma casa com jardim. Teríamos filhos. Assistiríamos TV no fim do dia. Faríamos longos passeios com Lola. Compraríamos um jazigo no cemitério onde depositaríamos flores e acenderíamos velas. Ele me contaria da juventude. Da sua mãe, dos irmãos. Mais raramente, falaria do pai. E com frequência do avô. Eu ouviria tudo com atenção e imaginaria em detalhes cada um. Imaginaria o doutor ainda menino brincando com os irmãos, o irmão mais velho que caçoava dele. O doutor havia sido uma criança frágil, introvertida. Já o irmão mais velho, um desses garotos que batem em todo mundo, inclusive no irmão. Uma vez o doutor disse, eu apanhei muito no colégio. O meu irmão nunca me defendeu. E ele disse isso com uma tristeza tão profunda no olhar, uma mágoa tão grande. Nessas horas ele voltava a ter seis, sete anos. Um menino que apanhava e que não tinha ninguém que o defendesse. Mas agora ele era um homem adulto, e era ele quem me defendia. Mas me defendia de quê, Alex? Eu não sei.

Eu sei o que você está pensando. Você está pensando, e eu, eu não te defendi? Quem foi que esteve sempre ao teu lado? E você tem razão em pensar isso. Sim, você me defendeu, sempre. Mas eu te faço a mesma pergunta, você me defendeu de quê, Alex? Do que a gente tinha medo? O que era aquilo que nos ameaçava? Seríamos nós mesmos? Agora pensando, você me defendia do mundo, você nos defendia do mundo, e Karen nos defendia de nós mesmos, ou nos defendia um do outro. Karen, sem saber, nos defendia um do outro. Ou será que ela sabia? Tenho muito medo de como vai ser, a gente sem Karen. Tento me lembrar mas não consigo, como era antes? Antes que ela aparecesse. Como eram os nossos dias, as nossas dúvidas, os nossos problemas? Como era a nossa vida? Sabe que eu não me lembro, não consigo me lembrar. Talvez não estivéssemos tão próximos. Seria isso? Provavelmente não. Sempre estivemos próximos. Mas o que havia antes de Karen? Eu não consigo me lembrar. E tenho medo do que vai ser, como vai ser quando a gente se vir novamente? O que eu vou te dizer, será que a gente vai se abraçar, será que vamos nos abraçar e chorar, pela morte de Karen, por alguma coisa que perdemos? O que foi isso que perdemos, Alex? Este tempo todo aqui procuro respostas para essas perguntas, e ao mesmo tempo tenho medo de encontrá-las. Você entende? Será que você vai ser capaz de me perdoar?

Eu disse ao doutor que sou professora. Ele disse, que profissão mais bonita. Eu achei graça, ao mesmo tempo me senti péssima por estar mentindo para ele. Ele perguntou, como é ser professora? Eu inventei, disse que era difícil às vezes, mas que era mesmo algo muito bonito, ver que as pessoas estão aprendendo graças a você, ou que elas estão aprendendo através do teu olhar. Então você se esforça para olhar para as coisas com interesse. O interesse deve ser teu, de quem ensina, e só daí pode surgir algo como a expectativa ou o deslumbramento. Disse também, cada um tem uma forma própria de aprender, de se aproximar das coisas. É necessário respeitá-la, acompanhar o ritmo do outro. O que vem daí é sempre gratidão, uma alegria muito grande. Tive um aluno, eu disse, que nunca dizia nada, nunca fez nenhum comentário, e eu sempre com muito cuidado para respeitar aquele seu silêncio. Um dia, muito tempo depois, reencontrei-o por acaso, e ele me disse, as tuas aulas são as lembranças mais bonitas que tenho daquela época, era onde eu me sentia em casa. Tudo isso eu contei ao doutor. Você acredita? Sim, eu disse essas coisas a ele, e muito mais. Contei de outros alunos, da diretora, as nossas diferenças. Você deve estar rindo, pensa que enlouqueci. Deve estar se perguntando, mas de onde eu tirei todas essas coisas? Por que eu não disse a verdade ao doutor? Não sei, Alex. Acho que porque era o que ele esperava, o que ele via em mim. E eu não quis decepcioná-lo. Ele me olhava tão contente enquanto eu falava, ele dizia, dá pra ver que você ama o teu trabalho, dá pra ver nos teus olhos o entusiasmo. Ele dizia, essa é uma das coisas que eu amo em você, o entusiasmo, a paixão pelas coisas que você faz. Não é irônico, Alex? O doutor via em mim uma paixão por um trabalho que eu nunca fiz, por uma invenção minha. Ele acha essa invenção uma das minhas melhores qualidades. E ele diz que me ama. Ele ama a professorinha abandonada. Eu sei, eu devia ter dito a verdade, logo no início. Mas não sei, não sei por que eu achei que a verdade, ele não entenderia. Ou talvez ele se decepcionasse, achasse que não havia nada em comum entre nós. E agora, pensando melhor, não acho que eu tenha mentido tanto assim. Afinal, eu não sou uma artista plástica, não sou pintora nem escultora nem nada. E esse tempo todo o que eu fiz foi fingir, como agora finjo que sou professora. Como poderia fingir qualquer coisa. Não há diferença. Você pode argumentar, mas, Érika, você é uma artista, olhe para o teu trabalho, ele é real, não é uma invenção. Imagino que você está pensando isso. Ah, Alex, o meu trabalho, as minhas obras. O que é uma obra? Qualquer um pode fazer qualquer coisa e dizer que é uma obra, que é arte. Do mesmo modo eu posso reunir alguns alunos e dar aulas de qualquer coisa. Isso não faria de mim uma professora. Ou faria? Penso, se eu ficar aqui com o doutor, tivermos nossos filhos, nossos cachorros, nossos dromedários, eu poderia ser, sim, uma professora. Falaria de como era dar aulas, todos veriam esse brilho no meu olhar, e eu poderia começar realmente a dar aulas, numa escolinha aqui perto. E com o tempo eu seria cada vez mais professora, e em algum momento eu seria apenas professora. E todo o meu passado também, o meu passado seria o que eu bem quisesse. Eu contaria ao doutor das minhas três irmãs, dos meus pais, do são-bernardo chamado Lúcio, da infância no interior. Eu contaria dos piqueniques com minhas irmãs, os banhos de cachoeira, levávamos pedaços enormes de melancia, meu pai era fazendeiro mas tinha negócios na cidade também, viajava muito, eu quase não o via. Mas minha mãe, minha mãe era uma mulher muito doce, carinhosa, dedicou sua vida às filhas. Minha irmã mais velha casou logo, eu pouco convivi com ela, casou e foi morar em outro país. A segunda nunca casou, foi morar na cidade e raramente temos notícias dela, mas parece que está bem. A mais nova de todas, Paula, casou com um rapaz também filho de fazendeiros, teve filhos há pouco, um casal de gêmeos. E eu, eu estou aqui. É o que eu diria ao doutor, e ele me olharia com carinho, diria, você, você casou comigo e vive aqui. Eu sorriria de volta. E seria assim, o meu passado. Você acha loucura? Isto é uma ilha, Alex, uma ilha, aqui é possível viver desvinculado de todo o resto, será que você não entendeu. No fundo talvez seja isso, talvez eu esteja apenas tentando viver longe de você. Longe de Karen. Desvinculada dos dois.

Ontem o doutor me deu um anel. Uma aliança. Eu aceitei. Está aqui agora, no meu dedo anular. É uma aliança de ouro, como todas as alianças. E tem uma inscrição, diz: Você está inscrita em mim. (*Érika ri. Pausa. Érika continua rindo*) Eu estou rindo agora, mas chorei quando li aquilo. O doutor se emocionou também, ele também chorou, olhando para mim. Agora penso, nós dois choramos, mas por motivos diferentes. Por que eu chorei? Ainda não consegui entender muito bem. Chorei porque o presente me emocionou, as suas palavras, que em outra ocasião teriam provocado apenas um sorriso irônico, agora me emocionaram. A frase que ele mandou gravar. Se ele tivesse dito eu te amo, talvez eu não tivesse tido reação alguma. Se ele tivesse dito qualquer outra coisa. Mas ele usou a palavra *inscrita*. Como uma escultura, algo insculpido na pedra, ou algo que já existia dentro da pedra. Ao mesmo tempo, isso que estava inscrito nele não era eu. Talvez fosse esse o motivo do meu choro. E eu percebi o quanto eu queria estar inscrita, preexistente em algum lugar, esperando apenas que compreendessem a minha verdadeira forma. Mas eu não estava, Alex, eu não estava inscrita em lugar nenhum. E aquilo que o doutor havia dito, ou pensado ou mandado gravar numa aliança, era algo que não tinha nada a ver comigo. Era algo que estava inscrito nele, é verdade, mas não era eu. Talvez no fundo seja sempre assim, a gente traz algo inscrito e passa a vida inteira procurando alguém que se encaixe nessa nossa inscrição, que possamos encaixar, como uma peça de um quebra-cabeça. E ficamos sonhando com isso e tentando transformar as pessoas em algo que possa ser socado dentro das linhas que traçamos, ou que trazemos traçadas, inscritas em nós. Enfim. (*Érika suspira*) O doutor me deu o anel, eu chorei, depois sorri, dei-lhe um beijo, e foi isso. Ele quer que eu vá morar com ele, já te disse? Eu estou pensando, afinal por que não? Se não estamos inscritos em lugar nenhum.

No dia seguinte, Pilar viu o anel. Ela começou a chorar, imagina. Me abraçou, disse, minha filha, estou tão feliz por você. O curioso é que a partir daquele momento ela deixou de me chamar de senhorita para me chamar de minha filha. Pilar ficou tão contente, parecia que quem ia casar era ela ou alguém da família dela. Ela disse, você não imagina como rezei para que isso acontecesse, para que você e o dr. Adrian ficassem juntos, ele é um homem tão bom. Eu rezei tanto, minha filha. E agora, agora essa notícia maravilhosa. Pilar falava segurando a minha mão. Pilar tinha rezado por mim. Aquilo me tocou de uma forma inesperada. Acho que nunca ninguém tinha rezado por mim. Nem eu. Eu que nem rezar sei. Alex, por que ninguém nunca nos ensinou a rezar?

Pilar fez um bolo especial para comemorar a novidade. Fez também chocolate quente, chocolate misturado com especiarias, acho que canela, cravo, gengibre, essas coisas. Disse, chame o dr. Adrian que eu gostaria de dar-lhes a minha bênção. Eu liguei para ele, que chegou em seguida, não sei se te falei, mas o consultório dele é aqui do lado. Ele veio, Pilar o abraçou da mesma maneira que me abraçara pouco antes, depois abraçou a nós dois, nos deu a sua bênção. Eu nem sabia direito o que era isso. Ela fez um pequeno discurso dizendo ao doutor o quanto ela gostava de mim, que naquele curto período eu havia me tornado como uma filha para ela, e que tinha certeza que ele cuidaria muito bem de mim e me faria feliz. Ele ficou meio sem jeito, mas fez um pequeno discurso também, disse que me amava e que tinha certeza que seríamos muito felizes. Eu olhava aquela cena como quem assiste a um filme antigo, distante, irreal. Nunca pensei que fosse viver algo assim. Mas eu estava ali, como se eu nunca houvesse esperado outra coisa. Como se eu realmente fosse uma professora que agora, apaixonada, ia casar com um homem que a levava inscrita. Mas afinal, Alex, talvez isso não seja mais irreal do que a realidade, nós, Karen, a morte de Karen. Não sei. Depois, comemos bolo, tomamos chocolate quente, tudo relativamente rápido, que o doutor precisava voltar para o consultório. Eu agradeci aos dois, disse o quanto os amava, me sentia pronunciando um discurso decorado, disse que eles haviam feito de mim uma pessoa melhor, mais alegre. Pilar mais uma vez chorou, e disse, orgulhosa, vocês vão ter filhos lindos. Eu tenho certeza. Eu sorri. O doutor me deu um beijo e foi embora.

GRAVAÇÃO 19

Voz de Érika: Olha só, quero te mostrar uma coisa. Ruídos não identificáveis. Voz: A arte não está no objeto, mas no espectador, no olhar do espectador. Você vai me perguntar, sendo assim, qualquer coisa pode ser uma obra de arte? (*pausa*) *Sim, eu te respondo, qualquer coisa. A arte vem de um momento de encanto que pode ser puramente intuitivo, e que nos atravessa. Voz de Érika, animada: Reconhece essa voz? É você naquele documentário que fizeram sobre o teu trabalho. Pena que não dê para você se ver, você está lindo. Bom, ao menos assim você não se distrai com a tua própria imagem. Érika ri.*

Mas falemos de coisas mundanas. Hoje acordei pensando em Karen. Faz tempo que não penso nela. Na realidade, desde o dia do cemitério, mas não tenho certeza. Talvez os mortos esperem isso, que a gente os enterre, acenda umas velas, chore, para então poderem se retirar. Enquanto a gente não faz isso, eles ficam rondando, entediados num canto da casa, sentados na beira da cama ou numa cadeira na sala de jantar. Os mortos são seres complicados. Karen tinha sumido, talvez não totalmente, mas ao menos tinha sumido do meu dia a dia, do meu pensamento. Mas agora voltou. Sabe, Alex, quando Karen morreu, desapareceu junto com ela algo meu, algo nosso. Ela nos roubou, é isso. Ela foi embora e levou algo que era nosso. Como ela pôde? Talvez seja isso que eu não consigo perdoar. Talvez seja isso que me acompanha e, por mais que eu me esforce em ocultá-lo, volta a surgir. Aqui ninguém sabe de Karen, do que aconteceu. Ninguém sabe que eu a abandonei quando ela estava morrendo, porque essa é a verdade que eu tanto evitei pronunciar, não é? Quando Karen anunciou a doença, eu fui embora, e nunca mais a procurei, nunca mais respondi aos seus telefonemas, às suas mensagens. E ficou apenas a voz na secretária eletrônica, e depois nem isso. Karen passou os últimos meses de vida na casa da mãe. A mulher que ela tanto odiava e amava. Que ela tanto temia. A mulher de quem ela havia fugido a vida inteira. Eu poderia ter lhe dado a mão. Poderia ter feito alguma coisa. Mas eu fui embora. Aqui ninguém sabe de Karen, não há ninguém com quem eu possa falar sobre ela. Por algum tempo achei que isso me ajudaria, que, se eu não falasse mais de Karen, um dia ela desapareceria. Mas não foi assim. Os mortos são insistentes. Quantas vezes será necessário matá-los dentro de nós para que eles enfim nos deixem em paz?

Ao lembrar de Karen, lembrei que faz tempo que não gravo nada para você. Tenho esquecido o gravador em casa por dias seguidos. Talvez seja uma forma de tornar também você menos presente. Mas com você é diferente. Você não é como Karen. Eu poderia dizer, você está inscrito em mim, Alex. (*Érika ri, nervosa. Depois, silêncio durante alguns segundos*) Eu não devia falar desse jeito. Eu não devia usar as palavras de outro homem para me referir a você. De um homem que tem sido tão sincero comigo. (*Érika eleva o tom da voz*) É você que me faz assim, Alex. (*O tom da voz de Érika volta ao normal*) Sem você eu sou uma pessoa tão melhor. Sem você eu sou uma pessoa doce. Uma pessoa que cuida de uma cachorrinha chamada Lola, que vai casar com um veterinário, que vai ter filhos lindos e um jardim.

Voz: Claro que podemos criar espaços mais ou menos propícios, espaços sagrados, como galerias e museus. Lugares que apontamos com uma seta e dizemos, aqui, olhe. Ou, aqui, olhe de tal forma. Mas na realidade trata-se de um movimento de quem observa, do sujeito, e não do objeto, ou efeito, ou acontecimento observado.

No último fim de semana fomos dar uma volta de carro, o doutor me levou a um lugar que eu conhecia apenas dos cartões-postais que estão por aí em tudo quanto é canto. Trata-se de uma série de grutas, formadas por uma erupção vulcânica, o mar passa por baixo da lava dando origem a pequenos lagos. É bem turístico, como tudo aqui, mas naquele dia não havia quase ninguém nas grutas. Numa delas, ali dentro tudo quase breu, o doutor me deu uma moeda e disse, aqui você pode jogar uma moeda na água e fazer um pedido. Eu pensei por alguns segundos, sorri e joguei a moeda. Ele logo em seguida jogou outra. Ficamos um tempo ali, depois continuamos caminhando, em silêncio. Fizemos todo o percurso pelas grutas. O doutor estava estranho, ele que sempre parecia tão bem-humorado, naquele dia estava estranho. Durante o caminho de volta, os dois em silêncio. Quando chegamos na sua casa, ele sugeriu, por que não vamos até a praia? Eu concordei, fomos caminhando até a praia. Lola veio junto, correndo à nossa frente mas sempre olhando para ver se vínhamos logo atrás, se nos distanciávamos muito ela esperava, impaciente, ou voltava até nós, para depois correr novamente para longe. Após meia hora de caminhada, o doutor disse, Érika, vamos sentar um pouco? Eu concordei, sentamos, Lola que já estava lá longe voltou correndo, resignada com a rapidez do passeio. O doutor parecia preocupado, me perguntou, Érika, você está feliz? Achei estranha aquela pergunta descabida, você está feliz?, mas respondi que sim, que estava muito feliz. O doutor sorriu, fez um carinho de leve no meu rosto. Que bom, Érika, que bom. Às vezes fico com medo de estar sendo muito apressado, de estar te levando a tomar uma decisão sem que você esteja pronta, sem que você tenha certeza. Eu disse imediatamente, eu tenho certeza. Tentei pôr certeza no meu olhar, no tom da minha voz. Tive naquele momento muito medo de perdê-lo. Eu que me achava tão segura do seu amor. Ah, Alex, por que as pessoas fazem essas perguntas? Perguntam coisas que elas não deveriam perguntar. Ele me deu um beijo, disse, porque eu, Érika, eu estou muito feliz ao teu lado, como nunca estive antes. Eu sorri. Ele continuou, e fico feliz cada vez que te vejo usando esse anel que eu te dei. Ele pegou a minha mão, ficou segurando-a entre as suas. Eu sei que nós vamos ser felizes juntos, tenho certeza disso. Sei também que, se não ficarmos juntos, vamos ser, os dois, pessoas muito solitárias. Foi o que ele disse, Alex, algo tão estranho de dizer, como uma premonição, uma praga, não sei. De onde ele tirava aquilo, o que ele sabia de mim para dizer aquilo, que sem ele eu seria uma pessoa solitária? O que ele sabia de mim? Ele não sabia nada. Tive vontade de dizer, eu não, eu não vou ser uma pessoa solitária, eu vou ser o que eu quiser, não o que você decidir. Nem sei por que pensei essas coisas, o doutor provavelmente tinha apenas a intenção de ser romântico, de dizer alguma coisa bonita, apenas isso. Mas isso me incomodou. Me incomoda ainda. Mas eu não disse nada. Apenas sorri. Ele continuou, disse, você sabe o que eu pedi hoje de manhã quando joguei a minha moeda? Eu disse que não, não sabia. Ele abriu um sorriso e disse, pedi para daqui a um ano voltar naquele mesmo lugar com você, você com o nosso filho na barriga, uma barriga enorme, linda. Foi o que eu pedi. Você vai ficar linda grávida. Eu comecei a chorar. Não por causa do que ele me dizia. Mais uma vez. Aquele constante descompasso entre nós, que eu me esforçava em amenizar mas que insistia. Por que será que o motivo é sempre outro?

Voz: É preciso lembrar que o fato de criarmos esse espaço, colocarmos setas, indicarmos formas de leitura, nada disso significa que a recepção pode ser realmente manipulada. Aí está talvez uma das questões cruciais da obra de arte, a questão do outro. Como lidar com a impossibilidade de alcançar o outro. A impossibilidade de uma real comunicação? E esse foi o meu questionamento principal ao planejar, desenvolver este meu último trabalho. Voz de Érika: Essa gravação deve ter uns três, quatro anos. Você está usando aquele teu blazer preto de lã, aquele que eu te dei de presente, acho que foi no teu aniversário. (pausa) É, foi sim, no teu aniversário. Voz: Porque o discurso do artista é sempre um discurso não realizado. Um discurso que precisa do outro para existir.

Fiquei pensando. Como será que funciona a lógica da realização de desejos. Quando eles são conflitantes, digo. O doutor e eu fizemos, cada um, um pedido aquele dia. Só que, se o dele se realizar, o meu não se realiza, e vice-versa. Será que é uma questão de valor, de medida, talvez? De quem jogou a moeda mais valiosa ou a maior moeda? Felizmente, ele não me perguntou o que eu havia pedido, eu teria que mentir. Como tantas vezes. Curioso, sinto que, quanto mais eu minto, mais felizes os outros ficam, mais tranquilos, mais satisfeitos. Por que será? Eu tenho a sensação de que a qualquer momento posso ser desmascarada, ou que a qualquer momento posso não mais resistir à tentação de me revelar. De alguma forma nós sempre temos o desejo secreto de sermos desmascarados. O desejo, o que será que nós queremos, realmente? Sempre achei isso tão difícil, fazer um pedido. A gente quer tantas coisas, ou acha que quer tantas coisas, e, quando chega a hora, percebe que não queria tanto assim, ou que não era bem aquilo, ou que na realidade quer justamente o contrário. O querer me parece algo tão misterioso.

Voz: Esta série que você está vendo, por exemplo, é uma menção justamente a essa incomunicabilidade. Não há o que interpretar. Isso porque podemos interpretar o que quisermos, tudo é discurso, tudo é significante, basta que assim o desejemos. Voz de Érika: Aqui você começa a falar sobre os teus trabalhos, os daquela exposição, mas, mais adiante, tem outra passagem que eu quero te mostrar. Espera só um minuto. Pausa. Voz de Érika: Aqui está. Voz: Sim, a arte pode ter valor estético. Mas veja bem, eu digo pode. Não necessariamente tem que ter. E essa é a grande liberdade que conquistamos. Arte pode ser simplesmente uma ideia. Aliás, hoje em dia, os grandes artistas se aproximam muito mais da filo-

sofia, da crítica literária do que da estética. Um coelho, por exemplo, desenhar um coelho é competir com inúmeros coelhos já desenhados, coelhos perfeitos, sublimes. Agora, pensar um coelho nos abre inúmeras outras possibilidades. Pensar um coelho é tirá-lo da categoria do simbólico para inseri-lo numa esfera muito mais ampla, e o coelho quase deixa de ser um coelho, ou perde sua importância enquanto coelho, para transformar-se num ícone. Voz de Érika: Você fica lindo com esse blazer preto. Não é novo nem velho demais, desalinhado ou elegante demais, é como deve ser. Tudo em você é assim, Alex, calculadamente como deve ser. Érika ri. Voz de Érika, séria: Alex, não sei mais se é possível existir ao teu lado. Silêncio.

Sentados na areia da praia, o doutor me fez duas ofertas opostas, no fundo duas premonições, uma, a de que, se não ficássemos juntos, seríamos, os dois, pessoas solitárias, outra, a de que, se ficássemos juntos, veríamos a chegada desse filho, que faria de nós um casal. E nos tornaria menos solitários. Algo humano que nos ligue um ao outro. Não a arte, não as ideias, apenas algo humano. Será um filho essa única possibilidade? Deve haver outra saída dentro da esfera do humano. Tem que haver, Alex. Porque eu sinto que não será possível, algo me diz. (*pausa*) É como se todo o movimento que eu vinha fazendo até então tivesse se desfeito. Não sei por quê. Mas eu estava adquirindo algumas certezas, certa tranquilidade, eu me sentia tão bem, pela primeira vez leve, contente, otimista, um futuro inteiro pela frente. E, agora, não sei por que isso está se desfazendo. Eu estava conseguindo acreditar numa série de coisas, havia conseguido construir uma nova casa, um novo lugar para ficar. Eu me sentia tranquila, não necessariamente feliz mas tranquila. E, agora, não sei o que está acontecendo, mas eu não consigo. Isso que eu construí não existe. Acho que é isso. Isso que eu construí não é real. Alex, sinto que estou perdendo alguma coisa. Mas eu ainda não sei o que é.

GRAVAÇÃO 20

Eu perdi alguma coisa, Alex. Ainda não sei o que é, mas sei que perdi. Um lugar. Uma possibilidade. Talvez. Tenho perdido tantas coisas nos últimos tempos. Karen. Você. O entusiasmo pelo meu trabalho. O sentido que eu via no meu trabalho, que, mesmo que fosse arbitrário, era algo em que eu acreditava. E que me permitia acordar todas as manhãs, procurar os pincéis, as tintas, ou até mesmo pensar, a busca de uma ideia, a busca incessante de algo novo. Eu perdi. E agora esta ilha. Sinto que perdi esta ilha. Pois é, é possível perder uma ilha. E agora aqui estou. E não sei para onde ir. Talvez a ilha nunca tenha existido, penso nisso agora. Talvez a ilha tenha sido apenas uma miragem, uma construção. Uma imagem em três dimensões, mais real do que o real. Enfim, que importância tem que as coisas existam?

Voz: O ideal seria que a obra de arte fosse um estado de espírito. E que não precisássemos mais do artista para experimentá-lo. Num conceito extremo, a arte seria apenas uma forma de ver o mundo. Eu caminharia pelas ruas, e, durante o passeio, o meu olhar selecionaria o que poderia me oferecer a experiência da obra de arte. Voz do entrevistador. Não é possível ouvir a pergunta, que é abafada pela voz de Érika. Voz de Érika: Lembra do entrevistador, de como ele ficou chateado porque você não respondia às perguntas dele? Érika ri. Voz: Não, eu não me refiro à ideia de que todo mundo é um artista, que, nesse conceito que você cita, se refere a uma intervenção política no mundo. Não, eu me refiro a um processo subjetivo, que pode vir a ter consequências políticas, provavelmente teria, mas eu falo de uma atuação intimista, e talvez impossível de ultrapassar as barreiras do sujeito. Voz de Érika: Ah, Alex, tenho assistido repetidas vezes a esse documentário sobre você. Uma forma de te fazer presente, quase um diálogo imaginário. Gostaria que você se visse agora. O teu rosto, o teu olhar, a câmera capta algo do teu olhar que não é tão óbvio na realidade. Certa urgência, certa dúvida. É isso, a câmera capta certa dúvida que ao vivo é imperceptível. Ou, talvez, algo que eu só perceba através da câmera, não sei. De qualquer modo, gostaria que você pudesse ver a tua imagem neste momento. Talvez então você entenderia do que eu estou falando.

Hoje fui ao aeroporto. Pedi o carro emprestado ao doutor. Me senti um pouco traidora. Usar o carro dele para ir ao aeroporto. Mas a minha intenção era apenas passear, espairecer. Foi o que disse a ele, queria dar uma volta, ele logo sugeriu, espera até mais à tarde e a gente dá um passeio. Depois podemos ir jantar naquele restaurante que você gosta. Eu expliquei que não, que precisava ficar sozinha, pensar na vida. Ele me olhou desconfiado, é, talvez desconfiado. Ao menos me pareceu. Perguntou se estava tudo bem. Eu sorri, disse que estava tudo ótimo, que não se preocupasse. Eu queria apenas passear um pouco. Ele me deu um beijo e me entregou as chaves. Eu saí, feliz. Você sabe que eu adoro dirigir, ainda mais em estradas vazias. Quando cheguei ao aeroporto, continuei pensando, eu queria apenas dar um passeio, mudar de ares. Olhar os aviões. Ver um avião chegando numa ilha no meio do oceano é reconfortante. Como se enfim alguém estivesse chegando para nos salvar. Como se alguém nos jogasse uma corda. Eu gosto de aviões. Sempre gostei deles. Sempre que viajamos juntos, eu olho para você, para o teu nervosismo, e acho graça. Para você o avião é uma aberração, já ouvi tantas vezes esse teu discurso. O avião é algo sobrenatural, e não é possível participar disso como se estivéssemos passeando num carrossel. É o que você diz. Quantas vezes não viajamos e você do meu lado, branco feito uma estátua de gesso, o olhar de estátua também. Nem mesmo a bebida, que deveria te acalmar, te acalma, a bebida apenas faz com que as imagens que te perturbam se tornem mais vívidas, mais presentes, e se o avião explodir?, você me pergunta. Eu te digo que não vai acontecer nada. Você, chateado, inventa motivos para brigar, para discutir. Um dia eu percebi que aquele era o teu jeito de se distrair. Então eu ia discutindo com você a viagem inteira. Todas as vezes. (*Érika ri*) Você num avião é como a tua imagem no vídeo. Há algo que normalmente você disfarça mas que nesse instante aparece. A dúvida. É, há momentos em que você deixa transparecer que, ao contrário do que parece, esse teu jeito sempre seguro, alegre, dono da própria vida, dono de tudo e de todos, nesses momentos fica claro que não é bem assim, que em você também há algo que está errado.

Voz: Este trabalho surgiu de uma necessidade minha de trabalhar com a impossibilidade da palavra. Eu sempre achei que a imagem se presta muito mais à filosofia do que a palavra. Não me refiro a uma filosofia das imagens, mas a um pensamento construído unicamente com base numa sucessão de imagens. Porém desvinculado do ritmo e dos cortes de uma montagem fílmica. Por isso me pareceu importante mostrar o processo de escolha, e não apenas o resultado. Como se fosse possível acompanhar o profissional numa ilha de edição, ou melhor, uma criança montando um quebra-cabeça, mas um quebra-cabeça sem solução predeterminada. Sem peças que se encaixem, sem resultado. Voz de Érika: Aqui, Alex, o que eu estava te dizendo. Há algo errado. Queria que você estivesse aqui agora. Pausa. Voz: Com base nisso eu desenvolvo outra ideia, a de que as imagens são passadas de geração para geração, sobretudo imagens traumáticas, que tocam o indizível, a parte inatingível de nós mesmos, e que, ainda que o sujeito não saiba nada sobre o assunto, há algo em sua herança psíquica, digamos assim, em sua herança psíquica, que o leva a reviver, ainda que inconscientemente, essa experiência.

Fui ver os aviões. Fiquei lá quase uma hora. Depois voltei para casa. (*silêncio*) Sabe o que é curioso, acabo de perceber, eu te disse casa e me referia à casa do doutor. A gente mal chega num lugar e já está chamando de casa. (*silêncio*) Mas, como te dizia, voltei para a casa do doutor. Ele me perguntou como tinha sido o meu passeio, eu disse, bom, foi bom, gosto de dirigir, principalmente com a estrada sem carros, ou quase sem carros. Ele me beijou. Eu correspondi, ao menos fiz um esforço para corresponder. É estranho beijar alguém que você pretende abandonar. Mais um beijo quando para você não é apenas mais um beijo. O doutor havia feito o jantar, posto a mesa, velas. O doutor sabe que eu gosto dessas coisas, jantar à luz de velas, fez para me agradar, para agradar a mulher que ele ama, com quem vai ter filhos, a mulher que diz, estou indo para casa se referindo à casa dele. O doutor fez um jantar, com entrada, prato principal, sobremesa, queijos. Eu sorri. Ele abriu uma garrafa de vinho. Ele não bebe, mas tinha comprado o vinho para mim. Ele tinha até comprado flores. Fiquei pensando, tudo isso ele havia feito enquanto eu estava no aeroporto, olhando os aviões que chegavam e partiam da ilha. Eu pensei, por algum motivo, Alex, eu estou sempre decepcionando as pessoas. E, por algum motivo, a vida está sempre me dando oportunidades para me redimir. Eu tinha mais uma vez a chance de não decepcionar ninguém. Bastava ficar ali, como estava, onde estava, a taça de vinho na mão, um sorriso, o doutor ergueu a taça e disse, a nós, eu repeti, a nós, ele continuou, à vida que temos pela frente. Eu repeti, à vida que temos pela frente. Jamais gostei de brindes. Há sempre algo de incomensurável neles. Agora penso, ele disse à vida que temos pela frente, talvez sem perceber tenha escolhido as melhores palavras, a vida é sempre aquela que temos pela frente, não depende de nós, nem das nossas escolhas. É como se ele dissesse, simplesmente, à vida. Um brinde à vida, assim bem banal.

Voz: Não se trata de arquétipos. De símbolos humanos além da cultura. Não. Trata-se de experiências pessoais que passam de pai para filho, como uma herança. Não através da palavra, mas de uma imagem contida no silêncio desse relato. O que você cala é também um relato, automaticamente. Nem que seja pelo cuidado de não pronunciá-lo. Onde você cala, surge um vão, um vazio. E a minha ideia principal para este trabalho é que esse vazio não é sinônimo de nada, o vazio existe, já que é suplantado por uma imagem que surge a partir dos seus contornos. Para que o vazio exista, é necessário que algo o delimite, que algo delimite o seu espaço. É esse contorno que vai dar significado e criar um discurso. Como um quarto fechado, onde não se pode entrar mas que está lá, presente, uma negação inserida na nossa história, queiramos ou não.

Comemos. O doutor cozinha bem. Conversamos sobre o que tínhamos feito. Eu não falei do aeroporto, nem dos aviões, nem nada. Disse apenas, por aí. Um passeio, nada de mais. Ele falou de um lagarto, ele havia atendido um lagarto aquele dia. O dono achava que ele estava morto, mas não, ele estava apenas com frio, ele explicou. Lagartos são assim mesmo. Achei estranho alguém ter um lagarto como animal de estimação. É, eles não são muito interativos, o doutor concordou. Depois falamos dos outros pacientes, da nova secretária, que não tinha aparecido pela terceira vez naquela semana, do aluguel do consultório, da ideia de comprar um terreno e abrir uma clínica. Depois fomos para o quarto. O sexo foi mais bonito que de costume. Acontece quando a gente sabe que haverá um abandono. E o corpo tem esse pressentimento. O corpo do doutor também pressentiu. Tem coisas que a gente sabe apenas com o corpo. Ou que o corpo sabe antes da gente. Ou que o corpo sabe, sem revelar-nos nunca. Conosco sempre foi assim, não, Alex? Nosso corpo sempre soube, mesmo quando nós não sabíamos. (*silêncio*) Tem uma passagem nesse documentário em que você fala sobre isso. Vou ver se acho para que você ouça. Quando você fala, mesmo quando você é pretensioso, tudo parece tão claro, tão lógico. Às vezes até me confundo, e não sei mais se fui eu que pensei ou se as palavras são tuas. Às vezes tenho medo. Medo de que tudo o que eu penso esteja permeado pelas tuas palavras. Talvez de tanto te ouvir, ou agora, de tanto escutar você para a câmera, como você fica bem com esse blazer de tecido escuro, já te disse? De tanto te escutar, tenho medo de me confundir. Fazer as tuas palavras minhas. O teu discurso, você que gosta tanto dessa palavra. Pois é, tenho medo de começar a pensar e perceber que até o meu pensamento, o meu pensamento mais íntimo, mais complexo, é teu, é o teu discurso. Tenho medo de perceber que tudo o que eu fiz até agora na realidade era teu, tua obra. Terá sido sempre assim? Haverá algo que seja apenas meu? Acho que nem mesmo o doutor é meu. Talvez eu nem tivesse me interessado por ele se não fosse você, a necessidade de me afastar e te entender. Nem Karen. Nem Karen existiria se não fosse você. Ela teria passado por mim sem que eu sequer notasse. Sabe o que mais me assusta, Alex? A certeza de que sem você eu seria outra pessoa. E que essa pessoa que eu seria nunca vai existir. Mesmo que eu me esconda numa ilha ou pegue o primeiro avião. (*longo silêncio*) Mas eu não falava de nós.

Voz masculina: Érika, você vem? Nós vamos chegar atrasados. Passos de Érika. Voz de Érika: Sim, já estou indo, só estou terminando de me vestir. Passos de Érika. Voz: A obra ideal? Para mim a obra ideal seria aquela constituída essencialmente daquilo que o artista não quis dizer, a obra feito um negativo, e da não intenção do artista, do que lhe escapa, do que foge ao seu domínio, daí, sim, daí surgiria a grande obra de arte. Uma obra feita não só pelo que escapa, mas pela autonomia do público. O público moldaria, esculpiria o significado da obra segundo a sua vontade, os seus conhecimentos ou a sua ignorância. E o artista? Ao artista restaria sucumbir, e tirar dali alguma espécie de prazer, mesmo que um prazer masoquista. A certeza de que, por mais que ele se esforce, o seu sucesso ou fracasso será sempre ocasionado por outros motivos, guiado por outras forças. Por outro amo. Voz masculina: Érika? Voz de Érika, gritando: Já vou. Passos de Érika. Ruído de canal de TV sem programação.

GRAVAÇÃO 21

Fui me despedir do doutor. Surpreendentemente ele não me pediu que ficasse. Não gritou, não brigou, não tentou argumentar. Apenas me olhou com tristeza. Disse, eu já sabia, eu sempre soube. Às vezes a gente subestima os outros. Às vezes os outros nos superestimam. Lola me superestimou. Escolheu mal a sua dona. É mentira que os animais têm um conhecimento instintivo, não, eles não têm. No caso de Lola, se dependesse de suas escolhas, ela não sobreviveria. Pedi ao doutor que ficasse com ela. Eu já imaginava, ele disse. Nunca me senti pior. Sabe uma coisa estranha, nem mesmo quando abandonei Karen após o diagnóstico do câncer, nem mesmo quando me recusei a falar com ela, quando não respondi aos seus telefonemas, nem mesmo agora com o doutor, nada disso me causou um sofrimento tão grande quanto desfazer-me de Lola. Nunca nada nem ninguém tinha feito com que eu me sentisse tão culpada. Um simples cão. Disse ao doutor, estou indo embora. Ele permaneceu em silêncio. Antes disso, eu havia dito, precisamos conversar. Essa frase é horrível. Por que será que iniciamos nossas despedidas assim, precisamos conversar. Gostaria de ter feito as coisas de outra maneira, mas, mais uma vez, não fiz. Ele disse, sim, eu sei. E eu fiquei pensando, ele sabia. Disse, estou indo embora amanhã. Ele permaneceu em silêncio. Sim, ele sabia. Estive no aeroporto aquele dia, comprei uma passagem. Eu tentei explicar. Como se aquilo, comprei uma passagem, fosse uma explicação. Ele não perguntou nada, nem mesmo para onde eu ia. Eu tinha muito medo que ele me perguntasse e eu tivesse que dar alguma explicação. Não porque houvesse algum segredo, mas porque eu mesma não sabia a resposta. Eu disse apenas, estou indo embora amanhã. E ele não disse nada. Ficou sério, parecia distante. De repente, pareceu-me que acabara de perdê-lo, ali mesmo. Algumas vezes já havia sentido isso, mas nunca com tanta clareza, o momento em que você perde alguém. Em que alguém desiste, te abandona, vai embora. É questão de um segundo. Uma mudança muito sutil no olhar. Às vezes nem a própria pessoa sabe que acabou de te abandonar, ou de abandonar um desejo, uma ideia. Mas, ali, eu soube exatamente o instante em que o doutor me abandonou. Você vai dizer, mas, Érika, quem estava indo embora era você. Ah, Alex, as coisas não são tão simples assim. Nunca é apenas um que vai embora, nunca é apenas um que abandona. As coisas são feitas sempre em dupla, e elas se misturam, nós nunca abandonamos sem ao mesmo tempo sermos abandonados. E compramos uma passagem de avião e ao mesmo tempo sofremos porque o outro desistiu de pedir para ficarmos. Talvez eu quisesse isso, que ele me pedisse para ficar. Que ele implorasse, Érika, não vai. Provavelmente eu não teria ficado. Com certeza eu não teria ficado. Aliás, nada que o doutor dissesse me faria ficar. Eu sei, não faz sentido algum, mas é assim. Ele não disse nada, não implorou, não pediu. Eu ainda fiquei alguns minutos em silêncio, dizendo comigo mesma, não vai, não vai. Porque ele também estava indo embora, eu te disse. Queria que ele fizesse algo. Talvez se ele me insultasse, me dissesse as mais dolorosas verdades, ou até me batesse, eu teria um bom motivo para sair de lá. Mas ele não fez nada. E eu não tive então outra coisa a fazer além de falar de Lola. Ele já esperava, claro. Eu disse, preciso te pedir um favor. Ele me olhou com raiva, ele me olhou como se pensasse, até o último momento, algo vai acontecer e ela não vai me pedir o que quer pedir. Mas não aconteceu nada. E eu formulei a pergunta, ou melhor, o pedido, respirei fundo. Você poderia ficar com Lola? Naquele momento sei que ele me odiou. E pensei que talvez ele também achasse que eu abandonar Lola era pior que abandonar a ele. Ele fez que sim com a cabeça. Sim, ele ficaria com Lola. Eu sorri, tive vontade de beijá-lo, ou ao menos dar-lhe um abraço, me aproximei. Ele imediatamente deu um passo para trás, todo o seu corpo me recusou naquele momento. Eu disse, como que tentando me desculpar, diminuir a minha responsabilidade, não sei, eu disse, ela vai ficar melhor aqui com você. Ele riu, amargo. Disse, não seja hipócrita, Érika. Foi a única coisa que ele me disse, não seja hipócrita. Me olhou com ódio. Naquele momento ele me odiou. Aquele homem que havia pouco tempo me amava tanto e queria casar comigo e ter filhos comigo e um jardim, aquele mesmo homem que na noite anterior tinha cozinhado para mim e comprado uma garrafa de vinho para mim, aquele mesmo homem agora me odiava. Simples. Eu logo me arrependi do que dissera. Se fosse possível voltar atrás, são tantas as coisas que não diríamos. É realmente hipócrita da minha parte. Como se eu dissesse, estou abandonando Lola pelo seu próprio bem, porque ela vai ser muito mais feliz aqui com você. Como o amante que diz, estou te abandonando pelo teu próprio bem, porque você vai ser muito mais feliz sem mim. Viu como eu sou bom? Por que será que somos tão covardes, Alex?

Silêncio. Barulho de gavetas se abrindo. Barulho dos passos de Érika. Érika tropeça. Algo cai no chão. Passos de Érika. Silêncio.

Lola ficou com o doutor. Eu chorei. Lola me olhava como se dissesse, eu sei, eu sei que você está me abandonando. Não adianta me fazer festa. Eu confiei em você, eu te escolhi. Poderia ter escolhido qualquer outra pessoa naquele dia, qualquer outra pessoa. Mas escolhi você. Eu olhei para você e pensei, sim, ela vai corresponder. E por algum tempo você correspondeu. Me levou para casa, me alimentou, me deu banho, brincou comigo, me levou ao consultório do doutor. Aliás, Érika, eu os apresentei. Sem mim, vocês nunca teriam se conhecido. Nunca teriam planejado uma vida e filhos e tudo o mais. E agora você está indo embora. Isso eu não previa. Agora você me abandona. Nos abandona, aliás. Para você ver, isso que dizem, que os animais têm instinto, é pura bobagem. Os animais também não sabem de nada, são burros e ignorantes e imperfeitos e fazem escolhas erradas, Érika, tenha certeza disso. (*Érika chora. Depois ri*) Alex, me diz por que diabos a gente olha para um cachorro e começa a ouvi-lo falando com a gente? Por que a gente se presta a uma situação ridícula dessas? (*Érika ri e chora ao mesmo tempo*)

Mas então foi isso. Me despedi dos dois e fui embora. Sem dramas. (*pausa*) Mentira. (*a voz de Érika é incisiva, quase um grito*) Fui embora com dramas, sim. (*Érika ri*) Voltei para a casa de Bruno e Vanessa. Já avisei Pilar. Ela começou a chorar. Como te disse, é impossível ir embora sem dramas. Fazer de conta que nada aconteceu. Sempre há algo que aconteceu e que se interpõe entre você e o mundo. Pilar chorou. Primeiro pensou que eu estava indo embora com o doutor, como assim, mas eu pensei que vocês estavam procurando um terreno para abrir uma clínica. Eu disse, sim, estávamos. Mas agora não estamos mais. Agora talvez ele esteja procurando um terreno, sem mim. Pilar não acreditou. Como é possível, mas, minha filha, o que aconteceu? Eu não dei muitas explicações, disse apenas, vai ser melhor assim, estou indo embora. Eu disse que não era a mulher certa para o doutor. Que ele seria mais feliz com outra pessoa. Como você pode ver, continuei sendo hipócrita. Sim, Alex, eu continuei sendo hipócrita. (*a voz de Érika soa pastosa*) Mas não consegui dizer outra coisa a Pilar. Ela ficou me olhando sem entender. Mas, minha filha, um homem tão bom. Você não pode jogá-lo fora desse jeito. Ela usou essa expressão, jogá-lo fora. Veja só, eu estava simplesmente jogando tudo fora. Pilar continuou, não pense que homens como o dr. Adrian aparecem todo dia na vida de uma mulher. Eu disse, eu sei. Ela então me olhou, me examinou e concluiu, e você já não é mais uma menina. E com isso Pilar quis me dizer que o meu tempo estava acabando. É como Pilar pensa. Talvez ela tenha razão. (*Érika ri*) Ela insistiu, você nunca vai encontrar outro homem como esse. Eu concordei, eu sei, Pilar, eu sei, mas mesmo assim eu tenho que ir. Pilar continuou sem entender, mas ele fez alguma coisa? Ele tem outra mulher? Eu ri, não, Pilar, ele não tem outra mulher, ao menos não que eu saiba. Ele te bateu, eu ri de novo, não, Pilar, ele não me bateu, por que ele faria isso? Pilar disse, nunca se sabe, às vezes os homens bebem, ficam violentos, mas não é por mal, minha filha. Você tem que perdoá-lo. Tive bastante trabalho para convencê-la de que o doutor não tinha me batido. Não, Pilar, ele não fez nada de errado, o problema sou eu. Sou eu, Pilar, sou eu. (*silêncio. Ruído de um copo sendo colocado sobre a superfície de um móvel*) Então veio a pergunta, você ainda o ama? Eu fiquei em silêncio, pensando a quem ela se referia. Ela continuou, o homem, o teu ex-noivo. Pilar se referia ao tal noivo que me abandonara no altar. Pensei por alguns instantes, tive vontade de dizer, sim, Pilar, eu ainda o amo e estou voltando para ele. (*sua voz soa cada vez mais arrastada*) Tenho certeza que ela entenderia e me perdoaria. Mas não, acabei dizendo apenas, não, Pilar, a verdade é que eu não amo ninguém. Ela, que havia parado de chorar, ficou com os olhos novamente cheios de lágrimas. Minha filha, não diga isso. Claro que você ama, você apenas está confusa. Eu então disse, não, eu não estou confusa. E acrescentei, Lola ficou com o doutor. (*passos de Érika. Barulho de bebida sendo servida*) A vida é uma coisa tão sem glamour. A vida real te confronta a cada instante com a sua cafonice. (*Érika ri. Pausa*) Mas, como eu te dizia, Pilar então me abraçou. Eu encostei a cabeça no seu colo e fiquei ali, chorando. Ela cheirava a sabonete. Pilar sempre cheirava a sabonete, como se tivesse acabado de sair do banho. Ela disse, talvez para me consolar, minha filha, não se preocupe, Lola ficará bem. E eu vou passar para vê-la de vez em quando, e o doutor, ele a ama e vai esperar por você. (*Éri-*

ka ri, triste) Porque eu sei, minha filha, eu sei que você vai perceber que isso tudo é um erro e vai voltar. Nós estaremos aqui. Eu tive que sorrir. (*Érika diz em tom choroso*) Pilar acha que eu vou voltar. (*pequena pausa*) Mas não, Alex, eu não vou voltar. (*o tom muda repentinamente, agora está decidido*) Eu não vou voltar para lugar nenhum.

Barulho não identificável. Voz de Érika: Olha só o que eu achei, agora que estava arrumando as minhas coisas. Lembra? Ouve-se música. Érika canta. Entende-se pouco. Ouvem-se os passos de Érika dançando. Voz de Érika: Lembra do filme, daquela cena, as meninas dançando? As três. Uma delas, acho que a protagonista, põe o disco na vitrola. Desses bem antigos, pequenos, que tinham apenas uma música por faixa, lembra? A tia entra, pede para abaixar o volume, ou desligar o som, não me lembro. De qualquer forma, a música para. A tia diz alguma coisa. Faz recomendações, diz que vai sair. Depois vai embora. A menina põe a música novamente, e as três dançam. (*Érika canta*) *Lembra como eu gostava desse filme? Érika ri, nervosa. A música continua.*

GRAVAÇÃO 22

Estou indo embora, Alex. (*pausa. Passos de Érika*) E pela primeira vez esta ida não significa uma volta. Você entende? Pensei em te ligar, depois de todo esse tempo. Cheguei a marcar o teu número. Mas depois desisti. Não saberia o que te dizer. Nem mesmo agora, aqui. É estranho, mas não sei muito bem o que te dizer. Como se de repente eu tivesse adquirido um certo pudor com as palavras. (*silêncio*)

Meu voo sai daqui a algumas horas. Já fiz a mala, tomei banho, me arrumei, pedi um táxi, me despedi de Pilar. Simples assim. (*pausa*) Fui me despedir de Pilar. Vim te dar um abraço, eu disse. Não tive coragem de dizer, vim me despedir. Talvez por ter sempre a sensação de que as coisas não existem até que as chamemos pelo nome. Eu não quis usar a palavra *despedida*. Vim te dar um abraço, eu disse. Ela não disse nada. Eu a abracei. Ela chorou, disse, tenho um presente para você, e me entregou um pequeno embrulho. Eu fiquei surpresa e ao mesmo tempo sem graça, eu não tinha nada para ela. Eu não pensara em nada. Eu nunca penso nessas coisas. As pequenas coisas. Comecei a me desculpar, ela me ignorou, disse apenas, abra. Eu abri. Fiquei olhando para aquilo sem saber muito bem o que era. Dois pedaços de pano, dois pequenos quadrados presos por um cordão. Havia em cada um deles uma imagem que eu não distingui de imediato. Ela me explicou, é um escapulário. Como eu continuava com a mesma expressão hesitante, ela acrescentou, é a Virgem, vai te proteger. Eu tive vontade de rir, mas me controlei. Fiz um esforço para esboçar um sorriso que não se revelasse incrédulo ou irônico. Eu estava pensando nisso, quando, sem perceber, comecei a chorar. Não sei por quê.

Mas, como te dizia, fiz a minha mala, me despedi de Pilar.

Ruído. Interrupção.

A sala é grande, espaçosa. Uma janela, uma porta fechada. A sala está vazia, quase na penumbra. Há apenas uma mesa de madeira e sobre ela um gravador. No canto esquerdo do gravador, pisca uma luz amarela que ilumina tenuemente o cômodo. Ouve-se uma voz que diz: Como te dizia, fiz a minha mala, me despedi de Pilar. Ruído. Interrupção.

ESTA OBRA FOI COMPOSTA EM MERIDIEN PELO ESTÚDIO O.L.M. E IMPRESSA PELA UMLIVRO EM PROCESSO DE IMPRESSÃO SOB DEMANDA SOBRE PAPEL PÓLEN SOFT DA SUZANO S.A. PARA A EDITORA SCHWARCZ A PARTIR DE DEZEMBRO DE 2020

A marca FSC® é a garantia de que a madeira utilizada na fabricação do papel deste livro provém de florestas que foram gerenciadas de maneira ambientalmente correta, socialmente justa e economicamente viável, além de outras fontes de origem controlada.